temporain de langue française

Marie N'Diaye

Papa doit manger

マリー・ンディアイ

パパも食べなきゃ

訳＝根岸徹郎

ション　現代フランス語圏演劇

12

日仏演劇協会・編

れんが書房新社

本書は下記の諸機関・組織の企画および協力を得て出版されました。

企画：アンスティチュ・フランセ日本（旧東京日仏学院）
協力：アンスティチュ・フランセ パリ本部
SACD（劇作家・演劇音楽家協会）

Cette collection *Théâtre contemporain de langue française* est le fruit d'une collaboration avec l'Institut français du Japon, sous la direction éditoriale de l'Association franco-japonaise de théâtre et de l'IFJ

Collection publiée grâce à l'aide de l'Institut français et de la SACD
本書はアンスティチュ・フランセ パリ本部の出版助成プログラムを受けています。
Cet ouvrage a bénéficié du soutien des Programmes d'aide à la publication de l'Institut français

目次

パパも食べなきゃ

登場人物

ミナ
アミ
パパ
ママ
ゼルネール
アンナ
おばあちゃん
おじいちゃん
ジョゼおばさん
クレマンスおばさん

I

パパ　おれだ、ねぇほら。おれだよ。パパが帰ってきたよ。
ミナ　足をどけてください、ドアの隙間に挟み込まないでちょうだい、お願いです。しばらく遊びに出ちゃいけないって言われちゃいます。
パパ　おれだよ、なぁ。パパだぞ、戻ってきたんだ。
ミナ　あの、もうあっちに行って、帰ってください！　シーッ。叱られちゃいます。
パパ　パパが戻ったんだ、パパは入るぞ、おまえ……ずるいなぁ、あっという間に大きくなって。二人の娘のうちのどっちなんだ、おまえは？　怖がらなくても大丈夫だよ、おまえ。おれなんだ。入るぞ。
ミナ　ママは秩序があって洗練されてるのがいいんです。それが申し分なければあたしたちは大丈夫、何とかなって欲しいってママは思ってます。おとなしくしてください。お願いです、どうかこのままそっと帰って。
パパ　二人の娘のどっちの方なのかな、おまえは？　おねえちゃん？　こりゃ分からんな。どっちなんだ？

ミナ　ミナです。

パパ　ミナ、パパが帰ってきたんだ。おれだよ、パパだ。それで、ミナってのはどっちの方だ？

ミナ　妹のアミが十歳。ママには美容師の才能がいっぱいあるんです、それなのにほかの人たちと違ってシャンプーしかさせてもらえないなんて、不公平でしょ？　そうです、そんなの理由もないし馬鹿にした話だって、ママはいつもあたしたちに教えてくれます。

パパ　パパが戻ってきたんだ、でもパパは知らなかったなぁ、ミナ、子供がこんなにすぐに変わってしまうものだなんて。ぜんぜん知らない子みたいになったりせず、おれの帰りをそのまま待ってくれてるって思ってたのに。とってもうれしいだろう！　だって、このおれがやっと戻ってきたんだからな、おまえ。さあ、中に入れておくれ。このチェーンを外すんだ。入るよ、いいな。そうだ、入るぞ、おれはおまえの父親なんだぞ。

ミナ　だめです！　お願い。騒ぎを家の中に入れちゃ絶対にだめだって、あたしたちいつもママに言われてるんです。それにこの建物《うち》には、ちょっとでも隙があったら入ってかき乱そうってつけ狙ってるものが山ほどあるんです。

パパ　泣いたりするんじゃない！　何だっていうんだ。なぁ、おまえ、どうしてこうなるんだ！

ミナ　ママのアパルトマンには混乱や騒動があっちゃいけないんです。

パパ　でもパパが戻ってきた、これは奇跡だ。おまえは幸せになるぞ、なぁ、だっておれはおまえの父親で、おれは金持ちで、おれはママにヨリを戻して欲しいって思ってるんだから。ごらん。パパの皮膚は人間が黒くなれる限界まで黒いだろう。おれの皮膚は究極の黒、傑出した黒、ツヤツヤ黒光りする肌で、濃い瞳だってほとんど色褪せて見えるくらいだ。さあ、おまえ、これからは頭に入れておくんだぞ、おれのこの皮膚の絶対的、圧倒的な黒さのおかげで、おれはおまえみたいにくすんだ肌のやつらよりも勝ってるんだ。そのうちに分かるさ、いいな、いまはそれだけ知ってればいい。

ミナ　そんな一方的な話ってないわ。

パパ　問答無用、おれはこの見た目、姿で勝っているんだ。さあおまえ、ドアを開けておくれ。パパを入れてくれ、おとなしくパパを迎え入れるんだ。

ミナ　おとなしく、そう、もちろんあたしたちは平穏なのがいいわ。

パパ　おれは誇りに満ち、幸せで、裕福になって戻ってきた。こんなに立派でこんなに幸福でこんなにも金持ちになって。おれはここにいる、ママに再会する準備は万端だ。それで、おまえ、ママはおれをまた迎え入れてくれるだろうか？

ミナ　ママはヘアサロン・ブークル・ドール〔「金の輪」の意味〕で働いているけど、力にふさわしい仕事をぜんぜんさせてもらえないんです。

パパ　十年の間、ママはおれが死んだって思ってきた。でもおまえたちから遠く離れて、おれは商売に成功し、財産を蓄え、のし上がったんだ。今日、成功の輝き、おれの姿が放つ輝きに包まれて戻ってくるためだ。教えてくれ、おまえ、ママは何か気のまぎれるようなことをしたかな、ちょっとはいい時間を過ごしたのかな？

ミナ　ママはあたしたちよりずっとずっと陽気。だからしょっちゅう言うんです。あなたたちの笑顔ってぎこちないわ、元気のない子たちねって。あぁ、そうなんです、ママは陽気なの。えぇ、えぇ、ママは楽しそう。愉快な人。

パパ　こうしてやっと、おれはここにいるんだ、いろんなことがあった。でもママの方だってひとりで苦労しながらでも、おれのことをずっと待っていてくれたってよかったんじゃないか？　いや、そのことは黙って受け入れてやろう。ママの生活にどんなやつがいたにせよ、あいつにはそうする権利がある、だからおれは受け入れて、よしと認めてやろう。十年が経ったんだ――でも、おれが出ていってからそんなに経つなんて嘘みたいじゃないか？　そんなに何年も経ったなんて思い出はないいんだ……。ママはきっと精いっぱいやった！　今度はおれだ、パパだ。おや、おや、おまえ、なんだかすごく震えてるな。フルーツゼリー〔果汁を常温で固めて砂糖をまぶしたペースト状の高級菓子〕は欲しくないかい？　パパだ、ここにいるのはパパなんだよ。あんまり興奮せず、普通に喜んでくれればいいんだ……。

ミナ　ママの言ったことは守ります、ママは何をやってもあたしたちより楽しんじゃうけど。あたしたち……あたしたちは自分よりもずっとママのことが好き……あんな風にサラッと冗談を言ったりはできないけど。だから、騒ぎや面倒なことは厳禁……。だって十年前にお父さんが出て行っちゃった後、ママは美容師の実習を最後まで終えることができなかったのよ。それって心の底から残念で悔しいことでしょ？

パパ　金持ちで地位も高いのにおれが偉そうじゃないってこと、ママには分かって欲しいなぁ。どうしてそんなに震えてるんだ、歯をガチガチいわせて、なんだかおれがおまえにショックを与えてるみたいじゃないか、でもおまえ、おれはまだおまえに触れてもいなけりゃ、キスだってしていないんだぞ……。

ミナ　お客さんの髪をシャンプーするの、でもそうやって準備するのは自分が担当しないお客さんの頭なの。ほかのたくさんの人たちよりも才能はあるのに。おまけに絶対に自分のお店を持つことができないなんて。かわいそうなママ、それでもあたしたちみんなの中で一番陽気なのに！　あの人はそんな空しさや辛さをよく分かってくれてるんです、ゼルネールさんは。

パパ　ゼルネールさんだって？　なるほど、それで。

ミナ　だから悪いのはあたしのパパ、逃げ出してしまって、理由も分からないし、どこに行ったかも不明。ママの記憶だと春のことだったって。ママはあたしたちに言うんです、「だからってクルブヴォワ〔パリに隣接するオー＝ド＝セーヌ県の都市。現在は再開発地区であるラ・デファンスの一部となっている〕の春が最悪ってわけじゃないわ、春を毎年迎えるよりもずっと嫌なことがクルブヴォワにはあるのよ」って。これじゃなんだか分からないわ。

パパ　そのゼルネールさんってのは？　なぁ、ママがいっしょになろうって思ってる人なのかい？

ミナ　ママはあたしたちに、ゼルネールさんは大切な人だって言ってます。ママはあたしたちに、この人は頭が良くって尽くしてくれるって言ってます。ママはあたしたちに、この人は国語の先生だって言ってます。ママは毎日がんばらなくちゃいけないんです、このクルブヴォワの高校の先生がママに寄せてる関心と、それからたぶん愛みたいな気持ち（ママは分かってないけど）に応えるために。だって十年前に夫が逃げ出したんだもの。そんなのどうやっても変えられないでしょ？それ以上言うことなんて何もないんです、ただそれは屈辱的なことで、あんな侮辱を味わうのは二度とごめんだから努力しなくちゃ、がんばるわ、他の人と比較にならないくらいにならなくちゃって、ママはあたしたちに言ってます。それはとっても疲れることだって、ママはあたしたちに言います。ソファーに倒れこんじゃうんです、それで、ぇぇ、ママらしいしっかりしたとこを見せられなくなっちゃうことだってあります。それでもママは陽気です。ママはしょっちゅう、びっくりするくらい嬉しそうで生き生きしています！　でも、それってとても大変なんです。これ以上ママにショックを与えるようなマネは止めてください。

パパ

もういい、十分だ。いいか、どんなことでもおれに指図なんかするんじゃない。絶対だぞ。パパが戻ってきた、このおれだ。そしてパパはおまえにドアを開けて、泣き言は止めろって命じてるんだ。

ミナ　あなたってお金持ちなの？　お金がいるの。あたしたちお金がないんです、足りないの、どん底ってわけじゃないってママは言うけど、ええ、どん底っていうんじゃないんです。でももうほとんど残ってなくて……苦しいんです。それじゃあ、お金があるんだったら、ほんのちょっとだけ入れてあげましょうか、それならできるわ……

パパ　おまえ！　いい子だ！　すまんが、どうも間違ってしまいそうだ、おまえはどっちだっけ？

ミナ　あたしはミナです。ナナって呼ばれてます。

パパ　おまえたちにはたくさんのプレゼントをやろう、おまえたちが手にしたこともないようなもので埋め尽くしてやろう、ママがおれとまた一緒になってくれたら。最後にひとつ聞きたいんだ——教えてくれ、この十年、ママの生活にその国語の教師みたいなやつがほかにいなかったかい、おれにとっちゃどうでもいいんだが——そんなやつらがきっと一五人、二〇人、いやもっといたんだろう、それでもいいとおれは思ってる——知りたいのはひとつだけだ、教えてくれ、なぁおまえ、ママの生活におれ以外に究極の黒い皮膚をしたやつがいたのかな、黒い目も肌の色に比べれば色褪せて見えるような男が？

ミナ　おれを見るんだ、答えておくれ、お願いだ。ここにいるのはパパなんだぞ。
分かったわ。入って。ゼルネール先生は特別よ、ママは髪を刈りにくる男の人以外は家に入れなかったし、終わったらすぐにピシャっと帰してるわ。上等のバリカンを買ったの、でもまだ元が取れてないのよ、だって散髪代を払うのを忘れる人がいるんだもの、でもママは……。ママはなかなか言えないの。さあ、入って。皮膚なんてあたし気にして見てないの、ぼんやりとだって見たことないわ。みんなの肌なんて！

パパ　ただいま。それでおまえが娘のミナなんだな。

ミナ　涙が出て止まらないわ、どうしたらいいの？　あぁ、ええそうよ、いやだわ。あたしの大切なパパ、パパは……。

パパ　パパがこの世で大嫌いなものがひとつあるとしたら、そいつはまさにメソメソした女だ。それから好きじゃないのは興奮した女ども、けんか騒ぎ、それにドキドキした心臓の鼓動。おれは我慢できないんだ、なぁ、頬が、スベスベしたきれいな頬が涙でべたべたになるのは。おれのことが分かるように学習しろ。おまえはおれを知らない、いいだろう。学べ、よく見て言うとおりにしろ。おまえが泣いてるのがドアの隙間から見えて不愉快だった、それがこうしておれがおまえの前にいるのにおまえはまだ泣いている、こんなこと、落ち着いて分かりましたって言えるような心境じゃないんだ。

ミナ　ママもそうなの……あたしたちがメソメソしてるのを見るのは嫌いよ。ママはとっても明るいの、とっても陽気で……。

パパ　おまえはおれのことを知らない、だからおまえは泣くんだ、でもこれは変なはなしだ。だっておれはおまえの父親で、おれは戻ってきたんだからな、出て行ったきり、ずっと帰ってこないことだってできたのに、そうだろう！

II

ミナ　先生！　アミ！　パパが帰ってきたのよ。

パパ　アミ、おれの娘、おれにキスしに来ておくれ。おいで……。パパにキスしたくないのかい？　十年前に一旗挙げに出て行って、大金持ちになって戻ってきたパパだぞ。

ゼルネール　その気になるまで放っておいておやりなさい。

パパ　キスしに来ておくれ、なあ。おまえにそうして欲しいんだ。おいで。おまえの父親が戻ってきたんだよ。

ミナ　キスなさいよ。パパなのよ。あぁもう、みんな機嫌よくして欲しいわ。

パパ　クルブヴォワじゃ、この惨めな町にいたんじゃおれみたいな出世はできなかっただろうよ。ここじゃみんななんて醜く、なんて薄汚れて古ぼけてるんだ！　おれにキスしにおいで、おまえ、「強く命ず」。パパはいまじゃ怖いものなしだ。おれは金を稼ぎ、金を貯めた、買って、売って、また買って、さらに売った。アミ、おまえ、いとしい我が子、キスしにいますぐにこっちに来てくれたら、ほら、フルーツゼリーをやるのはおまえだ。

ゼルネール　母親にはこの十年、何ひとつなかったのに。ビタ一文、言葉ひとつなかった。

ミナ　いいじゃない、あたしたちはこれで満足、そんなにたくさんは求めてないし、自分たちでなんとかしてきてるわ。

パパ　だがパパはいま、ここにいるんだ、ゼルネールさん。この惨めったらしいクルブヴォワにいたままだったら、おれは一体何になれてたって思うんだい？　おれの能力が発揮されるためには別の舞台が必要だったんだ。ほら、見るといい、ちょっと触ってみるといい、スーツにシャツに腕時計に靴に。おれを見るんだ。近づいて。おれの顔を見るがいい。平凡なとこなんて何ひとつないだろ？

ゼルネール　この十年の間、便りのひとつも、そんな素振りもなかった。

ミナ　もういいじゃない、いいのよ。

パパ　どうだい、ゼルネールさん。おれは五十歳だが三十歳に見えるだろう。おれの体、おれの顔。つまりおれという人間は、頭の先からつま先までものすごい若さで溢れているんだ。おれは熱く期待していたよりもずっと上をいく成功を勝ち取った。旅をし、商売をし、交渉し、蓄え、そしていま、ここにいる。パパのことをどう思ってる、ゼルネールさん？　どんな風に思う？　密かにおれのことを恐れて、嫌ってたんじゃないのか、ゼルネールさん、あんたは後ろめたい気持ちなしにおれの後釜に座るために、パパが死んでしまってることを遠くで期待していたんじゃないのかな？　クルブヴォワでの生活とはもう絶対に縁を切るぞっていう意欲と願いだけをパワーにして、おまえらみたいに年をとっていくかわりに、おれは年を経るごとに若返った。それにしても、やれやれ、ゼルネールさん、あんたはいつもそんなコーデュロイのズボンを穿いているのかい？　それにその下品なスリッパも？　あんたが髪を伸ばしてるのは、まさかブークル・ドール美容室で働いてるおれの妻のアドバイスのせいじゃないだろうが、それにしたって国語の教師が背中まである髪で生徒の前に堂々と出てるなんてびっくりだよ。

ゼルネール　まだ抜けぬけと、「おれの妻」なんて言うのか……。

ミナ　声を荒らげても意味ないわ、それに恨みごとを言ってあたしたちにどんないいとがあるっていうの、そうじゃない？

パパ　あんた、ウチのやつに下心があるんだろう？　アミとミナはおれの娘だ、おれの愛しくてカワイイ娘たちさ。そうだ、パパが戻って来たんだ。パパは成功した。おれを見てみろ！　おれの顔は今じゃ会社と金の重みを背負いながら手広く活躍する男の顔だ。おまえたちのことは毎日心の中で考えていたよ、おまえたち、おれはこう思ってたんだ、「あいつら、パパのことをどんなに誇りに思ってくれるだろう！」ってな。ほら、これはおまえたちのだ。ドゴール空港で買った「免税」のフルーツゼリーだぞ。アミ、近くにおいで。取りにおいで。キスしにおいで。おれを喜ばせておくれ、おまえ、おれの血を分けた子だろ。

アミ　気色わる。

ミナ　怒らないでちょうだい、何も言わないで、お願いよ。

パパ　気色わる？　何が気色わるいっていうんだ？　おれはこんな言葉遣いはあんまり

好きじゃないな、ゼルネールさん。上品に育った娘たちと再会したかったんだ、子ネコちゃんみたいに優美で、気持ちを素直に口に出せる娘に。何が気色わるいのか、すぐに言うんだ。

アミ　フルーツゼリーよ。

ミナ　人生は素敵で愉快なものだって、ママはあたしたちに教えてくれるわ、とっても高くつくけど、だからお金が、そうでしょう……。

パパ　アミが「免税」のフルーツゼリーは好きじゃないっていうんだったら、とっとと片付けよう。何だっていいんだ。ベルギーのチョコかアメリカの香水を買おう、欲しいものは何でもプレゼントできるぞ、お前たちが欲しいっていうものは全部やろう。だけど娘のアミはどうやら何もいらないみたいだな、おれに背を向けて、おれの笑顔や優しさの世話になるのがいやみたいだ——それにしても本当におれは自分の子供に優しいなあ！　おまえ、おれのもうひとりの娘、おまえは何が欲しい？　教えておくれ、教えてくれ。とにかく、おまえがどっちの方だったか教えてくれ。

ミナ　あたしはミナ、ナナって呼ばれてるの。あたしたち、あとほんのちょっとでいいから快適に暮らしたいわ、だって部屋がふたつしかなくて、ママはソファーをべッド代わりにしてるんだけど、そのソファーがもうオンボロでなかなか開かなくなって、それでママはクッションに体を押しつけるようにして寝なくちゃいけなくて、背中は痛くなるし立ちっぱなしだった脚を休めようにもできないの。あたしたちはいまでも満足しているしそんなに不満は言わないけど、もうひとつ部屋があったら、ママはとっても羨ましい生活が送れるわ。

パパ　ほら、この金を取れ。一〇〇フラン札だ、お前にやろう。

ゼルネール　うちではいい成績を取るか手伝いをしたときのご褒美以外は、子供に金をやらないことにしているんです。

パパ　おれがクルブヴォワから逃げ出したのは、コーデュロイのズボンとマリンセーターを着てオレンジ色のソファーに寝転がった五十がらみの冴えない教員――髪はグレー、顔色も冴えないやつの世話になるためじゃない。ああ、この大都市周辺《バンリュー》のとめどない凡庸さ、そんなもの一切がおれは嫌いなんだ！　ここにいたんじゃ、そうだ、おれは美しさのかけらもなくヨボヨボになって、顔の色も褪せてしまっていただろう、だがおれは文字通り輝くように変貌した、そして破綻へと向かう道を、ほかの連中とは逆の方向へと進んだんだ。これまでなかったくらいに大きくスリムに、いっそうすべすべになった、皮膚は人間がなれる限界まで黒くなった。おれは攻めに出て投資し、起こることを自分の思い通りに操り、力ずくで人生がおれに微笑みかけるようにしたんだ。だが、おれはムッシュー・ゼルネールのような苦労は一度も、なにひとつ経験しなかった。そうだった、すまなかった、そうだ、深くお詫びするよ、そうだった、ここにいるおれのふたりの娘の面倒を見てくれてありがとう。だがいまのおれ、おれがたどり着いたこの姿、これを絶対に忘れないでくれ——おれが手に入れたこの姿、それに圧倒されたってことをけっして忘れるんじゃないぞ。

ミナ　あたしはミナよ、ナナって呼ばれてるの。みんなはあたしのことを元気な、でもちょっぴり心配症のミニお母さんみたいだって、でもお父さん、お父さんは帰ってきたんだから、自分の目の前のことをしっかり知ってちょうだいね。本当にあたし嬉しいわ！

パパ　みんなをニッコー・ホテル〔パリ西部、十五区のセーヌ川沿いにあった日本航空の経営する高層ホテル。現在はノボテル・ホテル〕に招待しよう。あそこで夕飯を食べよう、それからゼルネールさん、あんたもおれたちの身内だ。あそこには、ニッコー・ホテルには死ぬまで忘れられないくらいおいしいシュークルート〔ドイツ料理のザワークラウトに似たキャベツの酢漬けの上に、ソーセージなどを載せた東部フランスの名物料理〕があるんだ。あんたの車を出してもらえないかな、おれのは空港に置いてきてしまったんだ。

ミナ　わたしはミナよ、ナナって呼ばれてるの、それにしても妹のアミには恥ずかしくなっちゃうわ。パパが戻ってきたのよ、何て幸せ！　でもあたしたちって本当にかわいくてとってもほっそりとしていて個性的な女の子なの？　きっとそれほどじゃないわよね。

ゼルネール　いま、どこに住んでいるんです？

パパ　実業家ってのはみんなホテル住まいなんだよ、ゼルネールさん、それに家族のために割く時間なんてほとんどないんだ。

ミナ　あたしたちは平凡な女の子なんだから、お父さんが戻ってきたときには小さくて黒い頭をしっかりと上げておかなきゃ、あたしたち……。

パパ　ところでゼルネールさん、とても冷淡なようだが、あんたを拝見してるとこれほどエレガントさのかけらもない姿、汚れためがねのレンズ、太り気味の体、もじゃもじゃ髭、おまけにあんたの独特のうっとうしい親切にまでどうしておれの妻が我慢していられるのか不思議なんだ、でもとにかくあんたはここにいる、おれの妻に選ばれ、連れられてこの見覚えのある古いオレンジ色のソファーに座っている、まあそれは認めよう、許そうじゃないか、まったく奇妙な話だが、だって迷惑なくらいあんたにゾッコンだった女が、あんたとはまったく逆の別の男も同じように愛してるっていうんだったら、結局このもうひとりの方はあんたと似てるってことになるだろう？　こいつはずいぶんおかしなことだ。

ミナ　あたしたちのお父さんがここにいるんだもの、先生、先生が出て行かなくちゃならないでしょ。ここにいるあたしたちはみんな、期待されてもちゃんとは応えられない人間なのよ。あたしはみんなでたくさん喜びたいの。

パパ　この娘は口を開いても何を言ってるんだか分からんぞ。口をパクパクするだけ、鯉の言葉で話してるのか？　川にいる灰色の泥くさい太ったコイだな。娘《おまえ》たち、おまえらはちょっと肥ってボテっとしすぎじゃないか？　優美で栄養もほどほどのかわいい二匹の子猫ちゃんたち、おれが期待してたのは、いや絶対にそうなってくれてるって思っていたのはそんな娘たちだ。

ゼルネール　この家じゃそんな言い方はしないことにしているんです。そんなことはない、断じて違います！

ミナ　あたしはミナ、ナナって呼ばれてるの、ねえ、喜ばなくっちゃいけないわ！

パパ　上の娘はまだ泣いているぞ。忌々しい。次は男の子にしよう。おれに似た息子を何人も。おれには誇りがある、威厳があるんだ。なによりおれは金持ちだ。ゼルネールさん、あんたはどんな車に乗っているんだい?

ゼルネール　シムカ一〇〇〇〔一九六〇年代から七〇年代にかけて量産されたシムカ社製の大衆向けセダン車〕ですよ。あなたを乗せてドライブなんて期待されては困ります。

パパ　おれたちを全員、ニッコー・ホテルまで乗っけてくれないかな? あんたたちはおれのゲストだ。このクルブヴォワでの慎ましい生活じゃ、レストランに行くなんてそうそうあることじゃないだろう。金はあるんだ!

ゼルネール　あなたが使うひとつひとつの言葉は分かっても、全体の意味となるとぼくには理解できない。ぼくは国語の教師をしていますが。あなたが話してみせることは、ぼくたちにとってはまったく意味がないに等しいものです。

ミナ　あたしはミナよ、それでママはあたしたちに、見た目がこんなにボロボロなのに裏でちゃんとした態度を保ち続けるのは簡単なことじゃないって言うの。ママはそうしようって努力してる、陽気で洗練されていて、きちっとしてるわ。みんな小声で話すだけにして、お願いよ!

パパ　ふたりの娘はかなり痩せる必要があるだろう、ゼルネールさん。金はあるんだし、おれはこいつらに心を奪われたいんだ。

ゼルネール　ぼくはフランス語と文学、それにラテン語を教えているんだが。あなたみたいなのは見たことも聞いたこともない。

パパ　アクマヨ、サガレ、ゼルネール！　パパが戻ってきた、おれは自分の家にいて、おれの金はおれにあらゆる権利を与えてくれるのだ。退け！　このヒッピー野郎、サタン、胸くそ悪い奴め！　みんな、何がなんでもおれの気に入るようにしろ、おれが出す褒美を欲しがれ、おれに媚びへつらえ、そしておれに魅了されるんだ、おれはいまじゃ金持ちなんだから。おれのポケットはどれも金でハチ切れそうだ。どうだ、一〇〇フラン札だ、もう一枚、おまけにもう一枚――あぁ、ちょっと待て、こう言わなくっちゃいけないぞ、お父さま、お願いよ、わたしたちはきれいでほっそりとした、背の高いかわいい子になるわ、あごの下には脂肪のかけらもない、痩せたすばらしい娘になるわ、あなたがそのちょっとしたお札をくださるなら、って。おれはこの娘《こ》たち、おれの娘たちがかわいらしくおねだりばっかりして、金をどんどんつぎ込まなけりゃ触れることもできないようになって欲しいんだ。おれが戻ってきたのはそのためだ、自尊心をくすぐられ、羨望の的になり、お世辞を言われるためだ、甘く囁くバラ色のかわいらしい口でちやほやされ、おねだりされるためだ――お父さま、もっとお金が要るの、だってわたしたちには必要なものや難しい欲望があるのよ、とてもきれいですごく輝いている神秘的な若い女の子にとってのね……。さあ、誰がこのフルーツゼリーをもらいに来るのかな、ゼリーをありがとうって言ってくれるのは誰かな？　それから今晩、ニッコー・ホテルのシュークルートは？　今晩、誰が食べに行くのかな？

ミナ　はい、わかりましたって言わなきゃいけないわ、先生。

ゼルネール　何でもハイハイって受け入れる前に、ママが帰ってくるのを待ちなさい。

III

ママ　誰が何でもハイハイって受け入れちゃうの？　アメッド、あなたが来てるのは分かってたわ。一階にいても声が聞こえたもの。なんてことなの。

ミナ　パパが戻ってきたのよ。

ママ　ねえ、おまえ、何も信じちゃだめ。パパが言うことなんてどうでもいいのよ。子供《おまえ》たち、パパが何か言っても信じてはだめよ。

なんてことかしら。
あなたがわたしたちにしたことは何なの、アメッド？

パパ　周りからはエメ〔Aimé という名前には「愛されている人」という意味がある〕って呼ばれてるんだ。実業家になったんだ。

ママ　何年も何年も、毎晩、家に戻ってきたらあなたがそこにいる情景を思い描いていたわ。
でも、もうそんなことも考えなくなっていたのに。そうしたら、ほら、それが本当になった。ほら、ついさっき、下の玄関ホールにいても、出ていったきり十年いなかった夫の声だって分かった、怖くて、体が震えて、階段の隅に座り込んで、もう登っていけないんじゃないかって思った。それでも立ち上がって、膝はガチガチ当たったけど、吐きそうになるのを堪《こら》えながら、自分に言い聞かせるようにしてゆっくりゆっくり、一段ずつよじ登ってきた、「あんたってなんて律儀な奥さんなの……」って自分に言い聞かせながら。

ゼルネール　この男はここで、黙って聞いていられないような口のきき方をするんだ。

ママ　でも、わたしはこんなに嬉しいのよ、アメッド、こんなにも……ただあなたに会えただけで。

あなた、なんて若く見えるのかしら。どうやったらそんなに若々しい姿でいられるの？

パパ　おれは戻ってきたんだ。キスしてもいいかい？

ママ　ああ、分からない、分からないわ。なんてことなの。おまえたち、パパが言うことは何も聞いちゃだめよ、ゼルネール先生の話すことだけが本当だと思って信用しなさい。

パパ　子供たちは本当のことなんかより、パパの側にいる方がいいんだよ。おれの妻、おまえはきれいだ、おまえはすばらしい、おれの誇りだ。それにおまえの不思議なくらいの金髪も、おまえの髪はなんて繊細でフワフワしてるんだ。おれの妻、おれはおまえに再び会えた、おまえはおれの栄光だ！おれは金持ちだ。偉くなったんだ。おれとヨリを戻してくれ。

ママ　あなたのせいで、わたしは美容師の実習を最後までやり終えることができなかった、そうでなきゃ、わたしだって自分の店を開いていた、わたしだって成功していたわ。

パパ　単なる詫びじゃなく、寛容さと赦しを乞うために、慣例に従ってできることは全部準備済みだ。ひざまずこう、おまえの手を取ろう。おまえが望むことなら何だってする。おれは何でもできる。赦してくれ。おれを赦して、元のサヤに戻らせてくれ。だっていまじゃ、おれと肩を並べるものなんて何ひとつないんだ。パパを傷つけ破壊するものなんか何もない。そうだ、パパが戻ってきた、パパは決して年をとったりしないぞ。

ママ　なんてこと、アメッド、わたしがどんなにあなたを愛したか。

パパ　おれのことはこう呼んでくれ、エメだ、ビジネスで力をつけたのはエメなんだから。

ゼルネール　こんなやつは存在してないぞ。この男に話しかけちゃいけない、座りなさい、少し休んだらいい。くるぶしをマッサージしてあげよう。

ママ　あなたはいなくなった、まるでふたつに分かれた道を、まったく違う方に進んだだけみたいに。わたしの方は、資格を取って独立して人を使えるようになるまであとほんの数ヶ月だった。でも、わたしはあなたを深く愛していた、普通じゃ考えられないくらいに、あなたを愛した以上に誰かを愛するなんて絶対にできないわ、とにかくそうなの、ゼルネールさん、どうか赦してちょうだい。わたしは自分で店を経営して、自分の店の看板を選んで、自分の名前をちょっと変えて店名にしていたはずだった。あぁ、そうなっていれば人生は穏やかで、わたしが思い描くように優美だったのに。

ミナ　ママはおかしいわ、ママはおかしい！

ママ　どんなにわたしがあなたを愛したか、それは狂気の沙汰。あなたが理解できるよりもずっと先、あなたが感じ取れる限界をはるかに越えていた。あなたにはこんな風にしか言えない。ええ、どれほどまで……。小さいけど繁盛してる自分の店を持って、人を雇って、お金も稼いでいたはずだわ、美容師になって店を経営するためにわたしは生まれたのよ。

パパ　おれがいま抜きん出ているのは成功したからだ、でもこの手に何も持っていなくたって、おれは君臨していただろう。きっと同じことだ。おれだ、パパだ、こう言うだけで十分なんだ。スッカラカンで身ひとつになったって、おれはいつだっておまえがいま見ている通りの人間じゃないか？　おまえは大げさすぎるぞ、なぁ。おれとヨリを戻してくれ。

ママ　なんてことかしら、先生、赦してちょうだい。
一体どうしたらいいの？　ご覧のとおり、わたしたちは本当にとっても屈辱的で辛い状況なの。

ゼルネール　ふくらはぎをさすってあげよう、足にオイルを塗ってあげよう。肌を温めなくちゃいけないよ。

ミナ　春にはお父さんがあたしたちをクルブヴォワからずっと遠くまで連れて行ってくれないかな！

パパ　もうひとりの娘はなんで口を開きもしないんだ？　どうしてこの娘たちはずんぐりした足と短い指なんだ？　どうしてこんなに肌の色が薄くて陰気で冴えないんだ？　それに魚みたいにパクパク口を開けるだけなんだ？　ああ、おまえ、おれとヨリを戻してくれ。

ママ　わたしは自分の夫に茫然となるくらいの愛を抱いていた。

ミナ　お父さんにまずお金のことを話して、ねえママ、じゃないと手遅れになるし、あとじゃママも忘れちゃうわ。愛がどうのこうのはもういいから、とにかく古いソファー、もう一部屋、バリカンの支払い、アミのチュチュ……。お金よ、お金なの、お金なのよ。

パパ　おれはケチケチするのは我慢ならない。おれはここにいる、魅力いっぱいの妻の家に、そしておれはこの家にちょっと喜びを招き入れてやろう。

ママ　いま目の前で、あきらめていた願いが現実のものになった、そうなって欲しいって願うのをあんなにがんばってあきらめたことが、それでわたしはこのとおり挫けてしまってる。
夫が戻ってきた。
わたしはこの人をじっと見る、わたしはこの人を愛してる！
なんて屈辱的なの。

ゼルネール　こいつは幻なんだ。ここにいる誰もこんなことはひとつも信じちゃいない。

ママ　わたしはフランスだった。
わたしはこの人にとってフランスのすべてだった。ひとりの人間じゃなかった、みずみずしくてどっしりとした美しい一輪の花じゃなかった、ひとつの愛の対象じゃなかった。違う、この人はそんなものを見ていたんじゃない、ずっとそれ以上のものよ。それはフランスそのもの、一緒に腕を組んだ自分の姿をフランスよりも上に、より優美に、そしてより美しく見せてくれるフランスのすべてだった。

ミナ　音楽のレッスン代を払わなくっちゃいけないのよ。

ママ　ふたりの娘の音楽のレッスン代をちゃんと払っているかどうかが、わたしがどれくらい真面目にやってるかのバロメーターなの。ときどきちゃんとしてないってことは分かっている、ええ、それは分かっているの。

ミナ　ママが言うには、音楽のレッスンにどのくらいちゃんと通ってるかと見た目のぼろぼろ具合には関係があるんだって、だからママはわたしたちに言うの、あたしたちはだめになって下に落ちてしまっているんだから、なおさら完璧に音楽のすべてを知らなくちゃならないって。ここで音楽なしで生きていくのは禁物だって

ママ　ママは言うわ、でもね、ママは音楽について何を知っているっていうの？　夫が戻ってきた。馬鹿にされてるのかしら？　でもわたしはこの人を愛している、そのことで体がすくんで茫然としている——それでもやっぱり、この人がいままでも自分の夫だっていうのはなんて幸せなことなんでしょう。

ゼルネール　仮定を示す従属節と限定用法の関係節はしっかり覚えたね？　ほかのことに口は出さないよ。ぼくはきみに勉強を教え、マッサージをしてあげる。それでぼくがきみに教えているのは、きみの価値と自分を向上させたいっていうやる気のためだ。今週、きみは何を覚えたかな？

ママ　すっかり忘れてしまったわ。わたしって怠けものの母親ね。音楽のレッスンが少なくなっちゃうわね。

ミナ　ゼルネールさんはママに文法表現を教えてくれていて、文章が正しく言えるごとにご褒美にお札がもらえて、それで音楽のレッスン代を払ってるのよ。ママはい

つもちゃんと勉強してるってわけじゃないわ。だからあたしたちは恥ずかしくなることもあるの。お母さんの勉強具合にゼルネールさんが不満な様子だったら、あたしたちは音楽のレッスンをパスすることもあるわ。

ゼルネール　ぼくたちはお互いにバランスの取れたセックスライフを送っているんだ。それに、間違った言葉の使い方だってマシになってきている。

ママ　こんなのって何から何まで本当に苦痛だし、どうしたらいいか、分からないわ！　それじゃ、わたしは一体どんな母親なの？　分からない、でもここに夫がいて、わたしにとって慣れ親しんで当然のもののように思えるのはこの人の顔なのよ、撫でたりつねったりしたいって思うのはこの顔よ、でも、それって一体どうしてなの？　恨みも当然の不満も、傷つけられて冷えきったプライドも持っていき場がないわ——でも、どうしてなの？　苦しみながらも崇高で堂々とした女でいるか、昔のことはすぐに忘れてしまってこの人に「あなたなの？　あんなことなんてもう忘れちゃったわ」って言うような女でいるか……。でも、なんてこと、先生、セックスライフは口にしないで、それはやめてちょうだい。どうしたらいいの？

ゼルネール　ぼくたちは二週間に一度、お互いに満足のいく肉体関係を持っている。ぼくはいろいろな一致や連辞や言葉の語尾〔こうした文法用語は結合という意味合いから、性的関係を匂わせる言葉とも取れる〕をきみに教えている。万事うまくいっている。ぼくたちのセックスライフはとっても……。

ママ　あなたは完璧な人で、この人よりもずっと価値のある人だわ。ええそうよ。でもそれは話さないでちょうだい、お願いよ。

ミナ　口げんかはだめ！　あたしたち耐えられないわ。だってあたしたち、あたしたちふたりは父親でよかったって思えるような娘なんでしょ？　そうじゃないみたいね、ちがうのね。突然にまた姿を現したお父さんはうれしい驚《サプライズ》きのはずよ、とっても気前がいいんだし。

ゼルネール　ぼくたちのセックスライフは……。

ママ　それは口にしないでちょうだい！　世の中にはきっと……口に出してはいけないことってあると思うわ。

ゼルネール　きみはこいつが自分の夫で、この男を愛してるって言うんだな！　それできみはいまじゃ文法なんてどうでもいいって言うんだろう。だからぼくも、自分たちの生活でいつもキチンとやってることを話すんだ……。

ミナ　ちょっと、ねぇちょっと！　あぁ、みんな、ちょっとごめんなさい。

パパ　さぁ、ディナーに行こう。パパが戻ってきたんだ。おまえたちみんながおれのおかげで楽しんで、喰ったものが体から溢れ出すくらいにたらふく食うところを見せておくれ。

IV

パパ　もうくたくただ。
どうだったか訊く前に横にならせてくれ。
アンナ　本当にあっちで一晩過ごさなきゃならなかったの？
パパ　ほかにしようがなかったんだ。
くたびれた。
ホテルからここまで歩いて帰ってきたんだ——パリからクルブヴォワまで歩いたんだぞ！　おまえの兄さんの靴のせいで足が痛いよ。こんなつま先の細い靴なんてよく買うな。
アンナ　さっき兄さんから電話があって、スーツと靴を午前中に持ってくるように、って。

昼までに一揃い必要だってエメのやつにちゃんと言っておいてくれよって、念を押されたわ。

パパ　お兄さまは本日スーツがご入用でいらっしゃる、おしゃれな方だ。おれは今日の晩、女房にもう一度会わなくちゃならないんだぞ。貧乏人そのものでございますって格好で出ていったら、あいつはどう思うだろう？

アンナ　兄さんに電話をもう一度かけてくれ。明日まで待ってくれって頼むんだ。こんなつまんないことで兄の機嫌を損ねでもしたら、怒って何も聞いてくれなくなってしまうわ。だめよ、だめ、しっかりお礼を言って、へりくだって感謝してます、って。赤ちゃんの落着き先を見つけてくれるのは、あんたの奥さんじゃなくて兄さんなのよ。わたしが言ってること分かってるの？

パパ　それで赤ん坊は？

アンナ　眠ってるわ。あの子は夜通し興奮しっぱなし。お隣さんがしまいに扉を叩いてきたわ。わたしにどうしろっていうの？　殴れっていうのかしら？　首を絞めろって？

パパ　おまえの兄さんはおれたちの世話を焼いてくれる、そうなんだろ？　兄さんは施設にコネを見つけたはずだ、だから今度は赤ん坊を一番に受け取ってもらう算段をしてくれる。万事うまくいく。ひょっとしたらすべてがびっくりするくらいうまくいくさ。

アンナ　赤ん坊は重いわ、赤ちゃんはたくましい。あっちの子供たちも同じ。兄さんが言ってたわ。重くなればなるほどたくましくなるのよ。

パパ　一時間したら兄さんのところに行くよ、おとなしくして、感謝の念いっぱいで。お礼を言って、謝ってくるよ。それにしても女房のやつ美人で髪はブロンドで着こなしも素敵だ。それは知ってた。道で何度か見かけていたからな。ふたりの娘にも見覚えがあった、この十年の間にクルブヴォワのあちこちで、そうとは知らないまま目にしてたんだ。女房はほっそりしてるのに娘たちは太ってる。あいつらはぜんぜんおれの好みじゃない。まったく疲れるぜ！　あいつらの皮膚は色が薄すぎて腹が立つし、フンって鼻先で笑っちまう。でもおれの女房、あいつ、あいつはとってもきれいで……。

アンナ　まず赤ん坊の面倒をみましょう。

パパ　そうだな、パパが戻ってきたんだからな――それにしても子供たちに嘘をつくのはいやだな。

あっちの娘たちだっておれの子なんだ、あいつらのことはいつもほとんどおれの頭の中になかったにしたって。あいつらのためにおれは何かしてやらなきゃいかんだろう——ああ、パパが戻ってきたんだから。子供たちを騙すのは気に食わないな。

アンナ　赤ちゃんはこのとおりなのよ、あんたがこの子を愛して、世話をしてくれたらって思うわ。

パパ　おれはおまえの兄さんのところにずらかるよ。兄さんがおれたちを赤ん坊から解放してくれなきゃ、絶対に何もできやしない。おれたちをクルブヴォワに服役させてるのは、足や手首をこの嫌な場所に繋ぎとめられた囚人にしているのはこの赤ん坊だ。

でも万事変わるさ。今日、女房に会うんだ、今度もニッコー・ホテルでな。小切手をくれるはずだ。さっき約束したんだ。

嬉しくって希望に燃えてくるだろ、おれだってそうだ！

あいつはなにひとつ気づかず、さらさら疑いもせずにおれに一万フラン貸してくれる。

おれの良心にやましいとこなんかない。女房は何とかやりくりして暮らしてる。

美容師なんだ。ふたりの娘だってなに不自由ない。恥ずかしいって気持ちはおれには無縁だ、そうだ、おれの方はもちろんそんなこと思っちゃいない。

アンナ　ニッコー・ホテルじゃどうだったの？

パパ　ゼルネールってやつ、おれの女房のところに出入りしてる、人生自分のことだけで頭がいっぱいのケチな先公が、やつと同じくらいオンボロの古いシムカでおれたちをあっちまで乗せて行ってくれたんだ。ああ、おれはああいったご立派な連中が大嫌いだ！　やつはだらしない格好で、お優しくって反吐がでるぜ。なんせおれたちをレストランまで送ってくれたんだからな、それにおれを丸め込んで女房に気に入られようとして、あの馬鹿、おれに意見なんか聞いてくるんだ、アフリカについての見解だぞ、それからアフリカ、アフリカだとさ。ペチャクチャペチャクチャ。ジョークまで飛ばす始末だ、教員室のお粗末で取るに足らないジョークさ。おれは一番いい場所の大きなテーブルを選んで、おれのご一行様全員を食べ物が並んでいるビュフェに連れていった、ゼルネールのやつは象が喰うみたいに皿いっぱいに盛って、また同じだけ取ってきやがるし、おれはビールを何杯も立て続けにがぶ飲みさ。

散財してしまった、そうだ……。おれたちの有り金を残らずはたいちまった。すごい美人のおれの女房、自分がおれのことを恨むに恨めないでいることが分かって愕然となってる。

これがあいつにとっての問題なんだ、そしてすべての鍵さ。あいつはおれを愛していて恨みなんかない。パパが戻ってきた——あいつはパパを愛してる！　侮辱されたといった気持ちはあいつには無縁のものなんだ。

娘のうちのひとり、アミって名前だったと思うが、パパが戻ってきたんだよって母親が水を向けてもこいつはなびかなかった。パパが戻ってきた——ああ、そうだ、周りといっしょにこの娘も喜べばよかったのに。だがだめだった、どうしようもないな。

それでおまえの兄さんは今日の朝スーツが要るんだな、げす野郎め。いいだろう。あいつは誰に向かって言ってるんだ？　シラミだらけの貧乏人か、乞食か？　恥を知れ。くたばっちまえってんだ。

アンナ　今日の午前中に行ってちょうだいね、お願いだから。

パパ　心配なんかしなくていい、兄さんは然るべきときに自分の持ち物を取り戻すさ。赤ん坊のおかげでおれたちはガンジガラメだ。おれたちにはこの子の送り先が必要なんだ、どこだっていいから。

こうなったらもう怖れずに言うぞ、アンナ、赤ん坊なんか呪われてしまえ。そうだ、呪われるがいい。

聞いたか？　呪われろ。何十回でも呪われろ。

この子はおれの罰だ、だが、おれが罰せられるいわれはないぞ。

こいつはおれにとって毎日の恥辱、そしてこいつの醜さがおれたちふたりを卑しめる——でもどうしておれが生きている間ずっと、生きている限り毎日、恥辱に耐えろって宣告されなくちゃならないんだ？

赤ん坊は縁のあった最初の施設に消えてもらって、おれはこの子のことは忘れてなるべき男にならなきゃ。おれは輝いている。おれは要するに勝利をおさめなきゃならないんだ。

おれを見ろ。おれの顔を見るんだ。おれがどんなに輝いているか見てくれ。

昨日、女房はこのとおりのおれを見たんだ。あいつはおれの前じゃ無力で、おれを咎めることなんて何ひとつできやしない。

夕食のあと、あいつは娘たちを家まで送って欲しいってそこにいたもうひとりのやつに、ゼルネールに頼んだ、おれと話をしなくちゃならないからって言って、それでおれは部屋をひとつ取る羽目になったんだ。思ってたよりずっと金がかかったってことは分かってる。でも、ほかにどうしろって言うんだ？　この金は女房がおれたちに一〇〇倍にして返してくれる。

あいつはおれを愛してる。おれからすればそこがあいつの災難だろうし、非難されてあたりまえの甘さだと思うし、ちょっとばかり胸がむかつく気さえする。

だが、そうなんだ。

おれは今日あいつと会う。あいつが渡してくれるものを受け取って、それでおしまいだ。もっと出してくれって頼んだら、もしかしたらあいつはゼルネールから金をせしめてくれるかもしれない。

おまえはどう思う？

アンナ　こんなことするの、なんだか気が重くなってきたわ。

パパ　おまえだってOKだったじゃないか。最後になって震えだしたりするなよ。これがおれたちの唯一のチャンスだ。この金でおれはついに堅気の商売に乗り出すんだ。

商品を仕入れる——品物を安く譲っておれが商売を始めるのを後押ししてやるって言ってくれる友だちが何人かいるんだ。それからその商品をあっちで売り捌く、前におまえに話してやった通りだ。財産ってのはこうやって築き上げられたんだ。元手があれば十分だ、スタートするため、在庫を仕入れるための。おまえの兄さんはバカさ、おれにちょっと金を貸してくれりゃ、それが何倍にもなって戻ってくるってことが分からないんだからな。

まあいいさ。兄さんにも事情とやらがあるし、危険を冒すのが嫌なんだ、あの凡人は。それに赤ん坊が兄さんをぞっとさせるんだ、でも兄さんは赤ん坊のことが好きなんだよ、だって卑劣な黒人と結託したら最後、あとは災難に、無垢でおれたちの子供っていうまぎれもない災難に行き着くしかないってことが、赤ん坊のおかげで兄さんにも分かるんだからな。

メソメソ泣くんじゃない。お願いだ、涙はやめてくれ。

そんなくだらない涙、軟弱な感情！

おれはすごく疲れてるんだぞ！

だが、いまは嘆いているときじゃない——おれがシクシク泣いてるか？

もうパパを傷つけるものは何もないぞ！

ドブ掃除の仕事を見つけるのが関の山でございますって言って、ここで堂々と胸を張ってやろうか？

おれの皮膚のこの生まれついた色じゃ、お似合いなのはペコペコ頭を下げて腰を低くしていることだけだ。

そういうことだ。おれは大声を上げすぎか？

それなのに、どうしておまえはおれの女房がおれたちを助けてくれるのは嫌だっていうんだ？

ああ、泣くなよ、とにかく泣かないでくれ。

おれには赤ん坊を好きになるなんてことはできない。だめだ、こんな子供なんて、これから先もこの子を好きにさせるものなんか何にもない、絶対、絶対に無理だ。でもおまえはこの子が好きだ、おまえはな、こいつにはそれで十分じゃないか。どこかに預けてしまおう。どうだ？　それでおれの女房が救いの手をさしのべてくれるっていうんだったら、それのどこが悪いんだ、どこが恥ずかしいって言うんだ？

おれたちがどうすれば助かるかが肝心なんだぞ。


アンナ　あんたは怯えてる。

お金を儲けなきゃならないって考えるだけで、あんたの額は汗でびっしょりよ。

言っていることは何ひとつしやしないわ。今度のお金でも何にもしない。

パパ　そのお金で何週間かは生活できるでしょう、でも後はまた同じことの繰り返し。それじゃおれはもう怖いものなんかないんだぞって言ってやろうか？　汗をかいているのは暑いせいだし、疲れてクタクタなんだって言えばいいんだろ、ちがうか？

アンナ　あんた、奥さんと寝たのね、ニッコー・ホテルで？

パパ　アンナ、もうパパは疲れた、ヘトヘトだ。横にならせてくれよ。

アンナ　あの人はあんたにお金を約束した。あんたがあの人の髪を撫でたりでもしない限り、あの人はあんたに何を支払うっていうのよ？

パパ　三ヶ月後にはおれは金持ちになってるぞ。パパをストップさせるものなんて、もう何ひとつないんだ。

アンナ　あんたはあの人のまぶたにキスしてやり、髪を一房耳にかけてやったのね。

パパ　おれたちはこのクルブヴォワの冴えない生活を忘れようってがんばってるんじゃないか。クルブヴォワがおれをだめにし、堕落させたんだ。

アンナ　でもあんたは十年の間、何度もチャンスがあったのに、どんな計画にしたってていざ取りかかって始める決心をする段になったら、ただの一度だってひるまずに立ち向かう力が持てなかった。

いつだって怖がって尻ごみして、追いつめられてあきらめるか逃げ出してしまうかだった。

あんたは自分の奥さんと子供を捨てることはできた、ええ、それはできたわ。

でもいまは兄のところに急いで行ってちょうだい。

兄さんにありがとうってお礼を言って、すみませんでしたって謝って、平身低頭して、へりくだって見ちゃいられないみたいにしてちょうだい。

兄さんがあんたのことをかわいそうだと思って欲しいわ、そうすればわたしたちを助けてくれるでしょう。

クルブヴォワでの生活は大変だ、厳しいってことは兄さんにも分かってる。

それにしてもかわいそうなわたしの赤ちゃん、だめよ、わたしの愛情だけではこの子にとってはもう十分じゃないわ、わたしひとりだけじゃ、だってわたしはだんだん弱くなっていくし嫌気もさしてくる、この子が受けるべき愛を、あたりまえみたいに求めてくる愛情をわたしひとりの背中で受け止めるのはどんどん辛くなっていくわ。

パパ　ふたりの娘たち、あっちのやつら、おれがあいつらの方をもっと愛してるってわけじゃないぞ。

だったらどこが不公平だっていうんだ？

V

おばあちゃん　話があるのよ、あんた。

おじいちゃん　おまえと真剣に話をしたいんだ。

ママ　とにかく、入って。

おばあちゃん　ジョゼおばさんとクレマンスおばさんもいっしょよ。

ふたりも中に入るわよ。

ママ　もちろんよ。どうぞ、みんな入って。おばさんたちの姿は見えなかったわ。踊り場が暗すぎるのよ。この建物はボロボロね。入ってちょうだい、さあ入って。

おじいちゃん　おまえのところで誰か歌っているようだが。

おばあちゃん　いったい何なの、この音楽は？
やっぱり中に入らなきゃだめ？
ママ　怖がることないわ。
あの人たちは外国人よ、すばらしく上手に歌っているのはとっても善良で、でもとっても不幸せな外国の人たちなの。あの人たちが歌の練習ができるように居間を貸しているのよ。
それで、まったくもう、ほかに何が知りたいの？
とにかく入ってちょうだい、ね。
すてきな人たちよ、すてきな外国人、でも自分の国じゃひどい目に遭わされてるの。
ジョゼおばさん　それであの連中はおまえの耳をつんざくために毎日午後、おまえの居間にやってくるのかい？
クレマンスおばさん　なんでこんな大声で歌うのかしらね？
おばあちゃん　入りましょう、だってこの子に緊急の話があるんだから。
ママ　わたしのお友だちはフランス語が分からないわ。構わずに話して。
でも歌は止めないわ。だから大声でしゃべっても平気よ。

でもなんで来たの、おばさんたち？

おじいちゃん　おまえの外人たちはわしたちを睨むみたいに見とるぞ。

おばあちゃん　おばさんたちはわたしたちに手を貸しに来てくれたのよ。

クレマンスおばさん　そうよ。あなたのかわいそうなご両親のために力になりに来たのよ。

ママ　歌ってるこの人たちって神さまね。

みなさんが来たせいで不安がってるわ、ほら、だからよそよそしいでしょ。あの人たちはこの世界の人間とは思えないわ、それにわたしの唯一のお友だちなの。

おじいちゃん　そうだ、おまえはいつだって外人が好きだった、単にそいつらが外人だというだけの理由でな。

おばあちゃん　あんたのこの変テコな趣味さえなかったら、あんたの人生はもっとずっと幸せなものになっていたのに。

ママ　四人揃ってわたしにイチャモンつけにきたの？

ジョゼおばさん　今朝、明け方の早い電車できたんだよ。

おかげでプラットフォームは暑くなかったけど。で、切符代は自腹よ。あぁ、三〇〇フラン、でもそれだけ深刻な理由があるんだもの。

おばあちゃん　あんた、正気に戻ってちょうだいな。
だってあいつが戻って来てるんでしょ。どんな様子なの？
おじいちゃん　おまえの夫のことだ。
ママ　どうして知っているの？
おばあちゃん　ゼルネールさんが電話をかけてきて、全部話してくれたのよ。
あの人はすっかり参ってたわ。なんて馬鹿なことしたの。本当に腹立たしい、馬鹿げたことだわ。
あのゼルネール家はね、あんた、とってもいいブルジョワのご家庭よ。
それであんたの夫はあいかわらず悪魔みたいに真っ黒なのかい？
あんたの恩人のゼルネールさんは、あんなにちゃんとあんたの面倒をみてくれたわ。
それを全部台無しにするつもりなのかい？　あの黒んぼのために？
クレマンスおばさん　あの男はおまえさんをめちゃくちゃにしたんだよ、おまえを騙したんだよ。
ママ　ええ、そうよ。あの人のことはこれっぽっちも信用してないわ。
わたしがどれほど苦しんだか、覚えてるでしょ？
おじいちゃん　おまえは実習を最後までやり終えることだってできなかった。

ママ　ええ、みんなまったくそのとおりだわ。それにみなさんがあの人のことでもっとひどいことを言っても、やっぱり何から何までそのとおりよ。みなさんの方がごもっともで良識がある、それは間違いないわ。十年前、あの人が姿を消したときにわたしがどんなに苦しんだか、覚えてるでしょ？あんな苦しみがあるなんて、想像もできなかった。

おばあちゃん　あのみっともない話のせいで、わたしたちはみんな気まずいことになったのよ。

おじいちゃん　あの黒んぼに捨てられた、わしらの実の娘。

ジョゼおばさん　おまけにあいつがあんたに生ませるだけ生ませたあのふたりの子供たち。

ママ　歌ってちょうだい、ねえみんな、もっと大きな声で歌って！

クレマンスおばさん　ふつうならわたしたちだって、外人だからって何の問題もないわ。あの人たちだってやっぱり神さまがお作りになられたものだもの。ちゃんと敬意を払っています。

おじいちゃん　そうだよな、おまえさん、そういった意味じゃ問題ないんだ。

おばあちゃん　でもあんたの夫、あんた、あの男はいつだってわたしたちに刃向かってきた。この世にあいつの皮膚ほど黒いものなんてないわ。このことだけでも、あの男になんて声をかけたらいいのかまったく分からないのよ。

あんた、覚えてる？

わたしたちはあの男をじっと見たわ、でもあの人間とは思えない顔の前ではどんな言葉も喉の奥に引っ込んでしまった。わたしたちにとってあいつは一匹のケダモノよ、それも得体も知れないおぞましいケダモノだわ。

それがまたやってきてここにいる、しかもあんたはあいつのところに戻りたいっていう。

なんて恐ろしい、あんた。

いったい何があんたにそうさせるの？

あの男は何て恐ろしいやつなのかしら。

ママ　わたしの子供たちの父親はハンサムで頭がいいの、それは間違いないわ。

おばあちゃん　あんたはいつだってそう言うけれどね、どうやってわたしたちを納得させるつもりなの？
わたしたち、わたしたちにはあいつの皮膚のぞっとするような暗闇しか見えないんだよ。

あいつに何を言えばいいのか、まったく分からなかった。
それでいま、いま、あんたは嘘と不吉な隠し事がどんどん湧き出してくるあの男のために、根っからの誠実さを誇るあのまじめなゼルネールさんを捨てようとしてる。
あんたにそんなことさせやしないわ。
おばさんたちだってわたしたちと同じ意見よ。

クレマンスおばさん　あなたが夫とヨリを戻すのを止めさせるために、一族みんなの力を合わせなくちゃ。

ジョゼおばさん　あいつなんか元いたところに戻ればいいんだわ。
それにしても、あいつはどこからきたの？

ママ　あの人は世界を股に駆けて飛び廻っているのよ。いまじゃ実業家なの。
でもあの人が言うことなんて、わたしはただの一言だって信じちゃいないわ。
もう出て行って、おばさんたち、お引取りください！

おじいちゃん　わしらはおまえに、こんな尋常とは思えんことはもうしないって約束をして欲しいんだよ。

ママ　お友だちの調子が狂っちゃったわ。歌が平板で声も小さくなっちゃったじゃない。

あなたたちがわたしにはとっても迷惑だってことが、あの人たちにも分かってるのね。
それにわたしがあの人を、自分の夫を愛しているんだったら、いまあの人の世話をしちゃだめだなんて誰からも言われる筋合いはないでしょ？

おばあちゃん　あいつを愛してるだなんて！

ジョゼおばさん　なんてこと、この子はあの男が好きなんだわ、あの醜い黒んぼのことを！

ママ　あの人のためにわたしが苦しんだことで、わたしはいつまでもあの人と結ばれているのよ。
おばさんたち、じゃこれで、さようなら。

おばあちゃん　おばさんたちはね、あなたに髪をセットしてもらえないかしらって、ちょっぴり期待していたのよ。パーマをかけてあげて。

クレマンスおばさん　あの黒いやつがあんな仕打ちをしなけりゃ、あなただっていまごろは美容院を経営していたのよ。

おじいちゃん　実習だってあと一年足らずだったのに。

ママ　自分のサロンを持ちたかったわ、ええ。お店の内装を選んで、自分の名前を看板に書きたかった。そうよ。
でもあのとき、誰ひとりわたしを助けてくれなかったわ。
わたしは孤立無援だった。

おばあちゃん　わたしたちにはわたしたちの心配ごとがあったのよ。

ジョゼおばさん　悪いのはそそくさ逃げ出したやつよ、あなたに手を差し伸べるのをためらった人たちじゃないわ。

ママ　お父さんとお母さんが、おばさんたちでもいい、少しでもお金を貸してくれていたら、なんとか美容師の実習を終えることも出来たのに。

おばあちゃん　お金！

おじいちゃん　金があったというのかい、わしらに？

ママ　子供を預かることだって嫌がったじゃない、あの子たちが完全には白人じゃないってことがお隣さんたちにバレるのが怖くて。

クレマンスおばさん　あなたの娘たちの色は十分に白いわ、あの子たちにはラッキーなことよ。
これって個人的な意見じゃなく、世間一般の考えを言ったのよ。
だって人生っていろいろと大変なんだから。

ジョゼおばさん　どうしてお金なの、いつだってお金って言うの？

ママ　お金はわたしの人生のど真ん中にある問題なのよ、まさに常識じゃ理解できないわたしの愛と同じくらい大切なことなの。わたしは落ちこぼれてだめになってしまった、でもどうやればそれを避けることができたの？

おじいちゃん　座って、おばさんたち。カラーリングもしなきゃね。この子が愛を口にし始めたらわしらにはもう手が出せん。この子はこの言葉でわたしたちを思いのままに従わせるんだ。

ジョゼおばさん　このあいだよりももうちょっと金髪にしてちょうだいな。

ママ　こんなに黒い毛だとちょっと難しいかもしれないわ。みなさんがやろうとしているのは無駄な努力よ。明日、ミナとアミを連れてあの子たちの父親と合流するために出発します。何もかも知ってしまったらショックを受けると思うけど、でもそうやって苦しみに耐える方がみなさんはお好みなんでしょうから隠し立てせずに言うとね、昨日の晩、わたしはあの人に会ってお金を渡したのよ。

おじいちゃん　しかしおまえ、おまえはあの男が成功したって言ってたじゃないか。

ゼルネールさんだって、あのろくでなしの成功ぶりは目を見張るようだったたって認めておったぞ。

ママ　いったいどこを見たのかしらね？　スーツ、フルーツゼリー、ニッコー・ホテルのシュークルートね。

言ったと思うけど、わたしは夫が話したことは一言だって信じちゃいないわ。

あの人はわたしにお金が欲しいって言ったの。持っていたお金は全部差し出したわ。

おばあちゃん　でもどうしてなの？

ママ　明日、わたしたち四人全員がまた一緒になるのよ。

おじいちゃん　おまえは自分にありとあらゆる迷惑をかけたあの黒んぼに、またヨリを戻すチャンスを与えるために金をやったんだぞ。気狂い沙汰だ。

おばあちゃん　何てだめな人間になってしまったの、おまえ。

ママ　ええ、言った通りよ。

それに、わたしはあの人を決して赦しはしないわ——それでいいじゃない？

クレマンスおばさん　痛い！

ママ　髪の毛が痛んでるのよ、おばさんたち。完全にブロンドにするには痛いのは我慢してちょうだい。

十年前にわたしがどれほど苦しいのを我慢したか、覚えてるでしょ？

おじいちゃん　あんなやつくたばってしまえばいいんだ、くたばっちまえ、あんなおぞましい男なんか。

おばあちゃん　わたしがどんなに震えているか見てごらん、さあ、おまえ。

さわってごらん、わたしの腕に触れてみて。ほら、鳥肌が立ってるわ。

わたしたちにとってはあんたはもういないも同然よ。なんて破廉恥なんでしょう、こんなのと繋がりがあるなんて！

で、それってどういう意味なの？　昨日、あんたあいつと寝たってこと？

あんたはきっと、ああいった皮膚の男にしかキスする気になれない女のひとりなのね。

ママ　わたし、もう死んだ方がましだわ。

あの人、わたしの夫じゃないの？

おばあちゃん　それにこの臭い、あいつが放ってたこの臭い、ああいった連中が揃ってプンプンさせてるこの臭い。あらまあ、あんたも同じ臭いがしてるわ。あんたの体にすっかり染み込んでしまってるのよ。

離れて、おばさんたち！　この子に体を触らせちゃだめよ。

不潔よ。この女は不潔だわ、これがわたしの娘だなんて。
もう行きましょう！

ママ　でも愛は神聖でしょ。結婚は神聖なものよ。
わたしのお友だちの最後の歌を聴いていって！

ジョゼおばさん　二〇〇フラン以下じゃもうどこも髪をやってくれやしないのよ。

クレマンスおばさん　続けてくれない、あなた？　あなたにしてもらうと安上がりで助かるわ。

ママ　それにもし、そのうえわたしがあの人を、自分の夫を愛しているんだったら、誰もわたしを非難することなんてできないでしょ？

VI

パパ　パパだよ、おれだ、おまえの父さんだ。
今日はおまえにだけ会いに来たんだ。ママたちには内緒だよ。
ほら、これはおまえのだ、お取り、ほら、とってもデラックスなフルーツゼリーだよ。
おれが来たことは、ママたちには言っちゃだめだぞ。

ミナ　このあいだと同じパッケージだわ。あれは開ける前にどっかに消えちゃったのよ、それがまたお父さんのものになって、こうやってわたしにプレゼントしてくれるのね、このまえはまだ何もしなかったみたいに、それに来るたびに両手いっぱいにフルーツゼリーを抱えていなくちゃいけないみたいに。

パパ　とくにおまえ、おまえにはおれのことを好きになってほしいからこうして来たんだよ。
それにここに来たのはおまえに助けて欲しいからなんだ。だからママたちにはなんにも言わないでおくれ。

ミナ　お父さんのためならお土産なんかなくてもやるわよ。

パパ　パパだよ、おれだ！

ミナ　どんなことだって、わたしがやらないことなんてあると思う？

パパ　おまえに助けてもらわなくっちゃならないんだ。
おれは疲れてしまった。どうやって切り抜けたらいいか、おれにはもう分からない。

いまはおまえにまで打ち明けざるをえないんだ、おまえにどんなに助けて欲しいって思ってるか、正直に言わずにはいられないんだよ。

ミナ　ねぇ。わたしたちはみんな、お父さんのことを誇りに思っているわ。

パパ　なぁ、どうしたらいいんだ？

おれは何をしたらいいんだ？　助けておくれ。

ミナ　パパが元気でわたしのお父さんでいてくれれば十分よ。

いろんなことがあったけど……

誇りに思ってて、それでときどき頭がくらくらするくらいよ。

パパ　もう少したてば、おまえはその腕で一所懸命におれを支えられるようになる。おれは娘の力を頼みにするだけでよくなるさ。支えてくれるおまえの腕の肘は力強くて、関節はがっしりしている、ただちょっとばかり太いけどな。

だがいま、おれはどうすべきなんだ？

なぁ、おれはどうしたらいい？

ミナ　ああ、お父さんの言うことにこれ以上耳を貸す気はないわ！

耳をふさいじゃう――勝手にしゃべってれば、好きなだけ話して、わたし何も聞かないから。

パパ　わたしたちはみんな、本当に誇りに思っていて幸せなのよ。
どうしておれはどんな女にも助けを求めるはめになっちまうんだろう、それぞれやり方は違っても、どうしたっておれの力にはなれないような女たちに？　そんなことひとりも分かっちゃいないんだろうが。おれはただ命を救って欲しいって思ってるだけで、それ以上でも以下でもないってことを、おまえたちの誰ひとりとして想像できないんだ。おれが悪いんだ、でもおれだけのせいってわけでもない。
あぁ、そうなんだ、おまえ、いとも簡単に騙せてしまう女たちにいつも助けたり守ったりしてくれって心ならずも頼まなくちゃならないことで、おれは下劣なやつになってしまうんだ。

ミナ　そんなこと言うのね。パパの言ってることなんか聞きたくない。
パパの姿を見て、パパに見とれておくわ。

パパ　いまから十年か十五年かそこら前、おれがフランスにやって来たのは、なぁおまえ、フランスに復讐するためだったんだ。
おれは怒り、欲求不満で、弱くて服従させられてるって感じて、自分にこう言い聞かせながらやって来た、「この抑えに抑えた怒り、この辛い思い、このいわく言い難い一種の恥辱、この落とし前はつけさせてやる。フランス全体が代償を支払うんだ——おれはフランスがくすねたものを吐き出させてやる」。復讐心に燃え、トゲトゲしく、恨みを抱いた若者が考えていたのはこういうことだった。ところがフランスに着くと、復讐しなきゃという気持ちやその理由をおれは忘れてしまった。あのかわいそうでかわいくて狂おしいくらい愛しい女の人がいた——それがママだった。おれはこの女に復讐するのか？　分からなかった、もう分からなくなったんだ。

おれの恨みは曖昧になって目標を失った。

おれを助けてくれ、なぁ、おまえ。

おれはあまりにひどい人間になってしまう、でもそれはいやなんだ。

どうやればいい？　自分がこれから何をするかを考えると途方に暮れてしまう。

ミナ　わたしはお父さんのお気に入りの娘なの？
とくに可愛い子供はミナ、おまえだけだってお父さんが言ってくれたら、耳をふさいでる手をどけてもいいわ！

パパ　おれはおまえたちを捨てた、家庭生活ってやつは地味で骨が折れるし、ちょっとずつ、おとなしく前に進んでいくには、ただ従順になって日々何かをあきらめていくんだって思ったからだ――そんな生活はおれを窒息させるだけで何の復讐にもならない、いや逆におれ自身が気づかないうちに復讐されることになるって考えたからだ。

おれは喜んでママを捨てた、厳格かつ容赦なき正義がついに果たされたんだという気持ちだった。

ところがすぐに、おれは自分を守ってもらおうとして、別の女の尻を追いかけている。といって好きでやってるわけじゃない、だから自分にこう言い聞かせるしかない――ひとりでも気高く生きていくことに耐えられない男、それがおれなんだ！

Ⅶ

ゼルネール　お邪魔していいですか？
アンナ　シッ、子供が寝てるんです。
ゼルネール　ゼルネールといいます、クルブヴォワの高校で国語の教師をしています。

あの女《ひと》はどこですか？　あの女《ひと》たちはどこに行ってしまったのでしょうか？

何もかもが嘘と作り話でしかなかったんだ。

この十年、あの男はここで暮らしていた、国道沿いの崩れ落ちるのが時間の問題のようなこの建物の中で。

あの男はクルブヴォワから離れたことはなかった、そうでしょう？

どこにいるんです？

どんなことをしてでもあんなになれたら、あんな風に嘘をつくなんてぼくにはできない。

その才能がぼくにはないんだ！

ぼくのこと、少しはあわれんでやってください。

あの男《ひと》が戻ってこなくなって、三日になるんです。

アンナ

ゼルネール　ぼくも自分なりに少しばかり調べたんですよ、それであの男のことはすべて分かっています。

ぼくはあの男のことでいっぱいなんです。あの男に侵略されたんだ。あいつの皮膚の色にぼくは騙されたんだ。

やつのことを憎む権利はぼくにはない、そう思っていました。

あいつに向けられる憎しみはすべて、政治的に糾弾されるべきだとぼくは自分に言い聞かせていました。

あれは面白い男で、ぼくの同情に値するやつだとぼくは自分に言い聞かせていました。

あいつの振る舞いはひどいものだ、だがそれもよかろう。だって「黒人」は自分の行いに対して責任はないんだ、「黒人」はとにかく、そして本質的に犠牲者なんだから、ぼくは自分にこう言い聞かせていました。

この地上に罪ある「黒人」なんて存在しない、こう自分に言い聞かせていました。黒い人なんていないんだ。あるのは苦痛だけだ、こう自分に言い聞かせていました。悲しい歌だけ、不名誉な奴隷状態だけなんだ。

この「黒人」は人間として存在してるんじゃない、こう考えてきました。この「黒人」は個人の人格も自我も持つことができないんだ。

それなら、どうしてこの男に責任を問うことができよう？　どうすればこの男が道徳心を持つことができよう？

すべてはわれわれの過ちのせいだ、ぼくはこう考えてきました。

だから、この男があの女《ひと》を捨てたのも、きっとあの女《ひと》の方に過ちがあったからなんだ、ぼくはこう自分に言い聞かせていました。
この「黒人」はあらゆる過ちを超越した、あるいはあらゆる過ち未満の存在だ。
この「黒人」は象徴に過ぎないのだ、こう自分に言い聞かせていました。
この「黒人」はわれわれの奴隷なのだ、この男がわれわれから逃れるのは正しく、
また良いことなのだ。
どうかこの男がわれわれを踏み潰してくれ、われわれを虐殺してくれ、こう自分
に言いました。それもまた正しく、そして良いことだろう。
あいつがわれわれにすることで、われわれがそれを受けるに値しないものなんて
何もない。
どうですか、これがすべて、あの男に対するぼくの考えです。ぼくがあいつに寛
大なのはこのためなんです。
あいつの格好、あいつの姿かたち、それがぼくを圧倒していたんです。
でもこうしてあの女《ひと》は行ってしまった、子供たちを連れて！　どこにいるか、ち
ょっとは心当たりがないですか？

アンナ　もう少し小さな声で話して、お願いです。
ゼルネール　ぼくはあの男に言わなきゃならない、いまやあいつはぼくにとって本物の、

そして模範的な人なんだって言わなけりゃ、これ以上ないくらいにあいつを憎み、軽蔑してるってことをあの男に言わなきゃ。

このことをあいつに伝えるために、どうしてもあの男を見つけ出す必要があるんだ。

それからがんばってあいつの顔にぼくのパンチをお見舞いしてやろう。

でも、「黒人」を殴るなんてできるだろうか？　ぼくにはまだ自信がない。

ぼくはおずおずとパンチを繰り出す、するとあいつは続けて思う存分にぼくを叩きのめすだろう。

ああ、ぼくはあいつになりたい、あの薄汚れたやつに。

ぼくは取り乱してしまって、あの女《ひと》の両親に電話をかけたんです。愚痴を言い、あの黒んぼを侮辱し、自分がいかに徳のある人間かを自慢し、ぼく自身の家系が本当に立派だってことを、要するにあの女《ひと》がいったい何を失ったのか分かってもらうためです、あの女《ひと》、あの女《ひと》には生活のゆとりと社会的な上昇が約束されていたってことです。ああいった人たちはこういったことに一番敏感ですから。

ぼくはあの人たちに、自分たちのセックスライフが規則正しくて整然としたものだったって話しました。

あの人たちに話してやったんです、ぼくたちのセックスライフが……。

このとおり、悲嘆に暮れるあまりこんなことまで口にしてしまったんです。こんなことを話したってぼくが偉く見えるわけでもないし、何にもならなかったんです。あの女《ひと》たちはどこに行ったのですか、あの三人は？　あの男はぼくの無条件の憎しみを受ける権利がある。それにしてもこの泣き声、これはいったい何なんです？

アンナ　息子なんです。

ゼルネール　父親がこの子を呪ったんです。あんな男は地獄に落ちるといいんだわ。

ゼルネール　こんなに陰気な場所があるなんて知らなかった。まるで居間のど真ん中を道路が走ってるみたいにうるさい。

アンナ　赤ん坊を呪うだなんて、絶対に赦すもんですか。

ゼルネール　あの卑劣な黒人野郎ってあの女《ひと》の両親は言っていました。ぼくは受話器を置くと、自分が黒くなくてよかったと思いました。でも、いま、ぼくはあいつになりたい。

アンナ　あんなやつ、奥さんといっしょに悪魔のとこに行けばいいんだわ。

ゼルネール　あんまりたくさん憎んだものだから、ぼくはすっかり憔悴してしまった。度の過ぎた感情はぼくには向いていないんだ。
ぼくが好きなものはすわり心地のいいソファー、新聞を読むこと、それからハシシ入りのタバコなんだ。

アンナ　悪魔のとこに行ってしまえ。

ゼルネール　ということは、あの男はあなたたちをここで、こんなネズミの穴みたいなところで生活させてるんですね。
ということは、やつは一文無しなんですね。

アンナ　着ていたスーツだって自分のものじゃないのよ。

ゼルネール　あいつになれるんだったら、ぼくは家を差し出したっていい。
だが、やつがぼくよりも優れているのは一体どういったところなんだろう、教えてくれないか？

アンナ　ああ、泣き叫んでるこいつを黙らせることはできないのか！

アンナ　もうずいぶん前から、赤ん坊はわたしの言うことなんて聞かなくなってしまってるわ。この子は……。

ゼルネール　見つけ出す算段をいっしょに考えよう、あんたはあの男を、ぼくは自分の女と子供たちを。

アンナ　もう言ったでしょう、わたしならあの男が悪魔のところに行ってくれればそれでいいのよ。一度、たった一度でもあの男が赤ん坊を呪ったことで、自分はあの男と縁が切れたって感じるには十分よ。ここに、目の前にいないときはあの男はまったくつまらない人間のように思える――あるいは時にはその逆のように思える、ところが実際にいたら、こんなはずじゃなかったって思ってしまうんだわ。あの男は人がこうだって思ってるような人間だったためしがないのよ、分かるかしら、だからあの男が本当の意味でここにいたことなんて一度もないってことになる。あの男が赤ん坊にかけた呪いがそのままあいつの上に降りかかっていきますように、わたしがいま願ってるのはそれだけよ。

Ⅷ

ジョゼおばさん　いったいどうしたの、あんた？　そんなに息を切らして。

クレマンスおばさん　あのふたりの家からそのまま来たのよ。ふたりの娘があそこにいたの、あの人たちの家に、チビッ子ふたりといっしょにね。それでなにがどうなったか、絶対に当てられっこないわ。

ジョゼおばさん　そう、それで。

クレマンスおばさん　あの娘《こ》がね、あいつの顔をズタズタにしたの。刃物で。でもやりそこなったのよ。あの娘《こ》は何だってむちゃくちゃやってしまうわ。わたしたちの髪のカラーだってへたくそだったじゃない。もう色が抜けてきてるわ。これってあの娘《こ》プロでしょ、天職なんでしょ、ヘン、笑っちゃうわ。あの黒んぼだって命に別状ないみたいよ。でも顔の方はほとんど見る影もないってあの娘《こ》は言ってるわ。刃物で何度も切りつけたのよ、あの娘《こ》はあいつを殺すつもりだったんだわ、ジョゼ。年寄りふたりは茫然自失よ。あんな娘をいったいどうするつもりかしら、ねえ？追い出すしかないわよ。それにちびっ子たち、あの将来が心配なちびっ子たちもいっしょに。

やれやれ、あの年寄りふたりも哀れよね、あの娘《こ》をどうするのかしら？

ジョゼおばさん　それで黒んぼの方は？

クレマンスおばさん　傷口を縫いに行ったらしいわ。

屠殺場のブタみたいに血がドバっと出たに違いないわ。どうせならスッカラカンになるまで出ちゃってればねぇ、でもだめだった。

あの人たちに、あの老夫婦にわたし言ったのよ、こうなったのはあなたたちのせいだ、だってあなたたちの娘はテレビや小説に熱中しすぎたのよ、それであの子は包丁を手にしてあの黒んぼの心臓に狙いをつければあいつとカタがつくって思ったんだわ、ちょうどテレビの連続ドラマかお話の中みたいに、ってね。

あの黒んぼを殺すには本気かどうかだけの問題で力は関係ないってあの娘《こ》は考えたけど、足りなかったのはそれよ、体の大きさよ。

テレビじゃそんなことまでは絶対に教えてくれないわ、人を殺すのに腕っぷしの強さが必要だなんて。

ジョゼおばさん　黒んぼの皮膚ってのはずっと硬いんだわ。

あんた、あの娘《こ》があいつの顔をむちゃくちゃにしたって言ったけど？

クレマンスおばさん　頬を突き破って、片方の目に傷をつけ、唇を引き裂いたのよ。

あの男の薄汚れたくだらない顔。

これであいつはいつも鏡で自分の顔をじっと見つめてればいいんだわ。

ジョゼおばさん　あら、あんた泣いてるの?

クレマンスおばさん　あの男のきれいでかわいい顔。いまじゃもう見るも無残なんでしょうね。

それにしても、あのバカ娘はあいつをそのまま逃がしたのね。

ジョゼおばさん　あんた、あの黒んぼにはゾッとするって言ってたわよね、あいつのことを考えるだけで不快になるって。

十年前、あの子があいつと結婚したとき、あいつの姿を初めて目の当たりにしてあんたはわたしの前でゲロゲロ吐いたわ。

それがこうしていまはポロポロ涙を流すのね。

クレマンスおばさん　だってあの年寄りふたりが気の毒なんですもの。あんな娘を抱え込んで、こんなことになってしまうなんてあんまりだわ。

あの人たちが可哀想、だから泣いてるのよ。

ジョゼおばさん　あんたは吐いて、それから家に帰ってしまって式の最後まで出なかった。

披露宴の乾杯にも食事にも来なかった、勢ぞろいしたわたしたちの真ん中に座っているあの黒んぼを見るのが、あんたにはすごく怖かったのよ、あの娘《こ》を、わたしたちの姪っ子、とってもかわいくてとっても細くてブロンドの髪をした姪っ子をあの黒んぼが抱きしめるのを目にするのが。
あんたはあいつのことを、人をむかつかせる下品な奴だと思っていた。
だからあんたはそれ以上見なくて済むように、布団を引っかぶって寝てしまったんだわ。
それがいま、こうしてあんたは泣いている！

クレマンスおばさん　自分は後悔なんかしてない、ただあの男を殺してしまわなかったことはホッとしているってあの娘《こ》は両親に言ってるわ。優柔不断よ、あの娘《こ》は！

ジョゼおばさん　あんたはずっとあのことが頭から離れなかった、わたしたちのかわいい姪っ子はまだ純潔を守っているのかしら？　それともあのふたりはもう一緒に寝ちゃったのかしら、あの黒んぼとあの子は、ってね？

クレマンスおばさん　そんなのもういいじゃない、そうでしょ。

ジョゼおばさん　自分は男を知らないって思うのがあんたは耐えられなかったのね、あんた、しかもきっとあの娘《こ》はもう男を知っていた、あの黒んぼのおかげでね。
それにみんな同じことを考えていた。

あの結婚式の間中、みんなこのことしか頭になかった、陽気さもお祝いもなし、あるのは気まずさとこの考えだけ、やつはあの娘《こ》にもう手を出したのか、ってね？　それにいったいどうやったらそんなフシダラな場面を想像して我慢できるっていうの？　それでもわたしたちはあそこにいた、全員が、ちょっとは着飾ったけど、でもあの男、あいつへの敬意は表さないように正装はしなかったわ、わたしたちは無理に笑みを浮かべて、お祝いの席にいるんだって思おうと頑張った、でもあのぞっとするような考えがわたしたちの表情を歪めてしまって、麻痺したみたいな耐え難い、でもどうすることもできない、完全に無力感に苛まれた雰囲気を醸し出していたわ。

あの男はあの娘《こ》に何をしたのか？

あの娘《こ》と、わたしたちの華奢な姪っ子とあいつはどうやったのかしら？

わたしたちは想像するより他にしようがなかったものだから絶望的になっていた、それに想像するのは耐え難いことだった。自分の目で見たかったけど絶対に見たくなかった、知りたかったけれど何も知りたくなかった。それに知るべきことなんて何もあって欲しくなかったんだわ。

あの黒んぼはわたしたちの頭から離れなかった。あの男はちょっとよそよそしいけれど満足そうだった。わたしたちへの敬意はとくにはなかった。へり下った様子もなく、口数は少なかったけれど礼儀正しくて、わたしたちよりも上手に自分の考えを述べていた。

それであんた、あんたは家に戻ってベッドに倒れこんだのよ。わたしたちがみんな抱いていたのと同じ考えが、あんたをかき乱して打ちのめしたのね。

あんたは死ぬほど知りたかった。あんたの頭にはあの男のことしかなかった。あんたはあの男よりもあの娘《こ》の方が嫌だったんだわ。

あの男が姿を消して、あんたは本当に幸せになった。それはあの年寄りふたりも同じ、えぇ、娘は報いを受けたんだってすっかり満足したのよ。あの人たちはもう一度娘に近づいて同情するフリをすることができたんだわ。あの人たちは、あの年寄りふたりは娘がまた穢れのない状態に戻ったって錯覚して、心から喜んでいた。

あんた、どうして泣くの？

だってあの娘《こ》はあいつをやっつけて、男はそそくさと逃げ出したんでしょ、どうして泣くのよ？

これで、万事問題ないじゃない？

クレマンスおばさん　そうよ、万事問題ないわ。

もしあの娘《こ》がしっかりとあいつを殺せていたならね。

ジョゼおばさん　いったいどうしたかったのかしらね、あのバカ娘は？

クレマンスおばさん　あの娘《こ》が言うには、あいつはまだかなりの金が必要で、その金を渡したら三人みんなを連れて行くって約束した、だから自分たちは言われたとおりにしてもう一度あいつと一緒になった、なのにあの男はどんなことにせよ約束なんてしてないって認めなかったんだって。みんなでホテルに、ニッコー・ホテルにいたらしいわ。荷物の中にはナイフが入れてあった。あの娘《こ》が言うには、あの男の言うことなんか一言だって信じちゃいなかった、だからナイフを持って行ったんだって。

ナイフよ。年寄りふたりは耳を疑ったわ。映画の世界にいるみたいに思えた。自分たちの娘がナイフを手に夫に飛びかかっていく、幼い子供たちの目の前で、あちこちに血が飛び散って、そこにいた者はみんな叫び声を上げる、あいつを除いて——あの黒んぼだけは叫ばなかったみたいよ——それであの娘《こ》の方はといえば、最後までたどり着けないと分かって、自分の娘たちを連れて立ち去っていく、ニッコー・ホテルの部屋から、恐怖で動けなくなったふたりの娘を連れて逃げ出したのよ、あいつをそこに放っておいて、あいつをよ、ズタズタに切り裂かれたあいつの顔、思い上がった黒んぼの呪われた面《ツラ》を元通りに縫い合わしてもらいに行けるようにそこに残したままで……。

あの男はいま、どこにいるのかしら？

気になるわ。

誰かあの男の手当てをしてくれてるって思う？

ジョゼおばさん　あんたにはあんたの媚薬と処方があるでしょ。必要なものは全部揃っているはずよ。

クレマンスおばさん　そんなもの、あの男には毒にも薬にもならないわ。

だめよ、あの黒人にはどんな魔法も効かないもの。

どうしたらいい、ジョゼ？

あの年寄りふたりは自分たちが映画の中にいるみたいに思ってる。おっかなびっくり、おずおずと役を演じているわ。

ジョゼおばさん　あんたは横になった、でもこの不潔な結婚を即座に止めさせるためにもう一度起き上がると、特製の飲み物を拵《こしら》えた、そしてわたしにふたりのところまで乾杯のときに届けさせた、それであいつらはふたり揃って一息にそれを飲み干した。

そのあとは。何も起こらなかった。

あんたが処女を奪ってもらいに男のところに行くとしたら、それはあいつ、きっとあの娘《こ》の夫にちがいなかったでしょうよ。でも、あいつがあんたのことなんか思い浮かべるわけなかった。髪の色は褪せ、若くもなければ年寄りでもない、ブスでもなければ美人でもないただのおばさん。

自分と寝て欲しい、お金を払ってもいいから自分と寝てくださいって頼んでいたらあいつが言っていたこと、きっとこう言っていたってこと、あんた分かってるでしょ？　あいつはこう言ったでしょうね、あの黒人、あいつは言ったでしょうね……。

クレマンスおばさん　あの男にとどめを刺すための何かをこれから考えるわ。こんなこと、もうカタをつけなくちゃ。
あの男は弱っている、打ち負かされた。あの男の中で持ち堪えてきたもの、あの男を守ってきたものはいまや崩れ落ちる寸前のはずよ。

ジョゼおばさん　あいつはこう言ったでしょうね、「こんな女の汗にまみれて何かするなんておれは願い下げだ」ってね。
あの黒んぼはきっとこんな風に言ったでしょうよ、ねぇあんた。

クレマンスおばさん　あの男を打ち倒すことができるのは、ただひとつのやり方だけ。ナイフじゃだめ。ナイフはテレビドラマでしか有効じゃないわ。

IX

声　（外から聞こえる）　あんたのご主人どこなの、ねえ、あんた？　それでわたしたちも会わせて欲しいわ？　どうして隠すの？　昔からの友だちを信用できないの？

ママ　あの人はパリにいるのよ。仕事なの。

声　男ってみんなそんな風でしょ。あんたにはいいご主人なのかしら？　ここじゃみんな思ってたんだけど、ああいった外人ってどんな感じの夫なの？

ママ　まったく問題ないわ、ええ。

声　あんたのこと、ちゃんとかまってくれる？　どんなことでも？

ママ　ええ。

声　十年前にはわたしたち、きっとこの結婚がうまくいくって方には誰ひとり、ビタ一文賭けなかったわ。よかったわね。

わたしたち、みんなでこう言ってたのよ、「かわいそうな女《ひと》、あの煤《すす》みたいに黒い顔に慣れることなんてできるのかしら」ってね。

あんな試練、わたしたちなら試すのだって絶対に願い下げだったわ。

それであんたはこうして、わたしたちの小さな町に戻ってきたのね。

ママ　しばらくいるだけよ。

声　わたしたち、なんてバカだったんでしょう！

十年前にわたしたちがずっと思ってたこと、分かるかしら？　聞きたい？

ママ　別にいいわ。

声　わたしたちね、こう思ってたのよ、ああいった男たちにはね、発情期があるんだって。

分かる？　女を追いかける時期とほっとく時期が交互にあるんだって。

それでね、結婚式のときにわたしたちはね、いまこいつは発情期なんだから近寄ったらヤバイんじゃないかって思ってたの。あはは、あは！　そんなの信じられる、あんた？　発情期だなんてね、ええ。わたしたち、何も知らなかったのよ。だってそんな時期なんてないんでしょ、違うの？　特別な時期なんかないんでしょ？

あっちの、いつも暑い夏のあの連中に発情期なんてね——あはは、あは！

X

ミナ　いいえ、もうわたしたちにはあの人の世話はできません。

……

だめです。あの男と一緒にいて面倒をみることはもうできません。

夫は父がいっしょにいることに、それから父にかかる費用にもこれ以上耐えられません。殺してしまうこともできません、そのことはもう言いました、わたしが、あなたにこうしてお話しているのは娘のミナです。それでこちらに伺ったのです。

……

三十年前にわたしを捨ててなにひとつしてくれなかった父の面倒をどうしてわたしが、ミナが見なくてはならないのでしょうか？　どうしてわたしたちが、夫とわたしが、わたしを育てるのに何の関心もなくわたしを助ける気もなかった父にかかる費用をほんのわずかでも払う必要があるのですか？

……

法律？　そうなんでしょうね。でもわたしたちは腹を立てています。わたしたちだって分かっていますが怒りはおさまりません、だからここに来たのです。

……

父に対してママは何の義務もありません。父と離婚して、そのあとゼルネールさんと再婚しました。ふたりはいま、わたしたちが昔いたクルブヴォワのアパルトマンで一緒に暮らしています。ママは父との間に法律上の関係はもう一切ありません。それなのに法律関係はあの男とわたし、このミナとそれからアミとの間にはまだなお、そしてこれからもずっと存在し続けるのです、ママは父の妻であることを止めることができるのに、わたしたちはあの男の子供でなくなることはできないからです。それはやっぱり、えぇ、それが法律です。自分たちが無力だということを感じることで、私たちの怒りも増すばかりです。

……

わたしたちはいろんな失望をいっぱい溜め込んできました。ママだけがひとり輝いていています。ママの姿や顔はわたしよりも若々しく見えます。

……

ゼルネールさんは定年退職しました。仕事をやめた国語教師の一日はなんて長いんだ、あの人はそう言ってます。ママはゼルネールさんがタバコを吸うのを嫌がるようになりました。定年になってハシシの量が増えたよ、あの人はそんなことを言ってます。ぼくの人生もずいぶんおかしなものになったもんだって。

ええ、ゼルネールさんは白髪混じりの髪を痩せた尻尾みたいに束ねています。

……

父は日曜ごとに、ママとゼルネールさんのところに出かけます。軽く三回ノックしてから扉を開けて入ると、オレンジ色のソファーのゼルネールさんの隣に座ります。

わたしがこちらに伺ったのは、そうです、生活保護が受けられない父の面倒を見るようにわたしたちに命じた決定を見直していただきたいからです。

……

いいえ、わたしたちの怒りと不公平感が日ごとに大きくなっていく以外は、何も変わってはいません。夫とわたし、ミナはふたりともしがない公務員でしかありません。

……

父ですか？　ママは自分の家で父がソファーに座っている姿を眺めるのが好きです。父の方はほとんどしゃべらないのですが。
ママは父の近くに立って上着の襟を直してやり、アミとミナ、いまあなたにお話ししているこのわたしですが、ふたりの話をします。
それからママは父の顔にそっと触れますが、その顔はもうツヤもなく美しくもありません。というのも、顔には母がもうかなり以前に負わせた傷跡が消えずに残っているからです。縫合がまずくてその後の治療もきちんと行われなかった傷はまだ痛みます。父の左目は半分しか開かず、視力はほとんどありません。ママは手で父の顔をあちこち撫でます。そうやって触れられると父が痛がるのは分かっているのでやるべきではないのですが、ママは撫でずにはいられないのです。父が無言で額にシワを寄せると、ママはごめんなさいといった感じのゆがんだ顔つきで指を引っ込めます。それでもママはまた同じことを始めます、まるで苦痛を癒すためであるかのように、でもママは何も癒したりしません、むしろ痛みが増してしまうのです、そのことはママもよく分かっています。

……

いいえ。父がソファーに座っていても、ゼルネールさんはもうとくには気にしません。

法律と闘うことができるだろうか？　わたしたちは考えてみました。そしてこう思ったのです、わたしたちのケースにあの法律を適用すると問題が生じるということを明らかにするよりほかに、わたしたちの怒りを抑える薬はないんだと。ということでわたしの父に、頼るもののないあの男に対して何の義務も持たなくてすむようにわたし、ミナがこちらに伺ったのです。だって、これまでにあの男がわたしのためにいったい何をしてくれたというんですか？

……

もちろんです、ママが以前に父に対してどんなことをしたか、ゼルネールさんは分かっています。あのような行動はゼルネールさんの判断力を超えるものでした。あれはゼルネールさんにはただ何の意味もないことで、良いことでもなければ悪いことでもないのです。そして人生は流れていき、そんなこともいまではすべて昔の物語になってしまい、父自身がゼルネールさんにとっては昔のお話へと姿を変えてしまいました。

あの男から解放されたいと思うのは、非難されるようなことなのでしょうか？

わたしたちは冷血でエゴイストのように見えるでしょう。年老いて困窮した父親は犠牲を払ってでも助けるべきなのでしょう。ええ、そうです、その通りでしょう。でも、わたしはあの男に何をすべきなのですか？


……


父は顔が崩れてしまって、いまではいったい何歳だか分かりません。背は相変わらず高いですが、背中は曲がってしまいました。もうスラっとしていません、痩せていますがその痩せ方というのは惨めったらしくて、強張って、バランスも悪くエレガントなところはありません。

父の皮膚は相変わらず黒いです。

たしかに黒いままですが、肌の色はツヤをなくして薄汚れてしまい、皮膚が黒いことがいまではなんだか体が悪い人のようで、父が栄光に輝いていたころの圧倒するような特権的なものではありません。

父は哀れむべき人間です。

……

ええ、父がいまでは人から哀れまれてもいい人間だということは、ゼルネールさんもちゃんと分かっています。悪意からでも同情からでもなく、無意識のうちにそういった気持ちが表れてしまいます。年老いた哀れなアメッドのやつ、ゼルネールさんはこう言うのです。父のことはもう決してエメとは呼びません、父の方はそう呼んで欲しいのでしょうが。ゼルネールさんの目には父はもうエメと呼ぶに値しないようですが、それは三十年前の父の行いが悪かったせいではなく、父がゼルネールさんに対して君臨していた嘘と虚像の山の頂《いただき》に居続けることができなかったからです。

ゼルネールさんは、こうなってようやく父が本来の姿に戻ったのだって思っています。

冴えなくて陰気で口もきかず気取ることもなくなって、オレンジ色のソファーで自分の隣に座っている人間が本当の父だとゼルネールさんは思っています。

……

いちばんびっくりすること？　つまり？

ああ、分かりました、ええ。

ママは父の姿を見るといつだって心が揺れて、落ち着かなくなります。ゼルネールさんはきちんとした、善良なひとです。どんな状況のときでも誠実な人だってことが分かります。父は一度だってきちんとしていたことも善良だったことも、誠実だったことだってありません。

この点についてびっくりすることなんか何ひとつありません。

とにかく、わたしたちは本当にしがない公務員です。あの男に住むところを与え、食べるものを与え、あの男のために何かするのはもう耐えられません。それはエゴイスムというより、どっちが理不尽か、なにが理にかなっているかという問題ではないでしょうか?

……

いいえ、妹のアミは何の役にも立ちません。あの子は何もせずにブラブラしています。お金が必要になったらママのところに来ますが、来るたびに前よりもいっそうひどいトリップ状態になっています。妹のアミは別のトリップに入り込むためにトリップから抜け出すような状態で、手がつけられないほど頭がイカれてしまって、自分でもどうすることもできなくて、ああいった連中のご他聞にもれずトリップ状態からまた次のトリップに飛んでいき、トリップのことしか頭にないありさまです。

妹のアミは落ちるところまで落ちてしまいました。

あの子は父から何もしてもらうことができません。

どんなにわたしが父に腹を立てていることか！　自分の娘のアミがこんなにダメになってしまったというのに、何の心配もしないのです。


……


自分たちの家で父の面倒をみるかお金を払って施設に入れるか、わたしたちにはふたつにひとつの選択肢しかありませんでした。

あの男は何も持っていません。何ひとつ持っていません。

どうしてわたしは最初に、あの男を老人ホームに放り込んでしまうことはできないように思えたんでしょう？　あの男、私の父でしたがわたしを、娘のミナのことを一度だって愛してくれたことがなかった男を、なんで自分の父だからという理由だけで助けてあげなきゃとあんなに思ってしまったんでしょう？

わたしは腹を立てています、でもやっぱり、どこか弱いところもあります。

父の目は私の目と同じですし、秀でた額や少しばかり黄ばんだ歯の並び方もわたしとそっくりです。

……

ああ、あの男はまだ夢を持っています、まだ夢見ているのです。以前、父はわたしに自分がかつてどれほどクルブヴォワに住むのが好きだったか、いかにもフランス語らしい「ォワ」という音を持った町の名前が自分の頭の中でどんなに親しげに、そして優しく響いているかをそっと教えてくれたことがあります。父はまだ夢を捨てていません、「ォワ」という音を持った名前の町か村にいつか家を一軒持ちたいんだ、とわたしに言いました。問題は、と父がわたしに言ったのですが、こうした一戸建ての家が昨今ではいちばん小さいものでもなかなかの値段がするということで、だから二十年前にそういった家を思い切って買っておかなかったことを毎日のように悔んでいます。何人かがおれを信用しようとしてくれていたら間違いなく実現できていたのに、と父は言います。わたしの父にお金はありません、それは間違いないのに、まだ夢をみているのです。

……

誰かが滑り出しを援助してやろうって言ってくれたら、おれにどんなことが出来るか見せてやれるんだが、父はこう言い張ります。

……

認知症？　いいえ、ちがいます、そういったものじゃなく、もっとずっと質《たち》の悪いものです。

三〇〇〇ユーロあればひと財産築いてやるぞ。三〇〇〇ユーロってのはいまだとどのくらいのものなんだ？　父がこう尋ねます。わたしの夫がそっけなく答えます。「老人ホーム二ヶ月分ですよ」、「どうだおまえたち」、父は言います、「ぜんぜん大したことないじゃないか」。

わたしたちはつましい下っぱの公務員です。あの男に対しては苦々しい気持ちでいっぱいです。しょっちゅう見せるああいった横柄な態度ではなく、父は感謝の気持ちを示すべきではないでしょうか？

……

息子がいたんだ、父はわたしに話しました、そんな子がいたことは初耳でした。父は偶然その子の母親と通りでばったり出会いました。母親は父にその息子がずっと以前に亡くなったことを伝えました。この女性は結婚してシャロワに住んでいましたが、「ォワ」という音の入ったこの地名が父には妬ましく思えました。一度だって息子に会いに行ったこともなければ思い浮かべることもほとんどなかったけれど、あの子が亡くなったことで自分は少しほっとしたよ、父はわたしにこう言いました。

……

これが今日、わたしがこちらにうかがった理由です。わたしの父親を冷静かつ正当に放棄することが倫理的に最も高いレベルで認められるなら、法律はわたしたちの優柔不断や気まずさ、恥ずかしいと思う気持ちにつけ込むのではなく、わたしたちを助けてくれるべきです。

これが今日、わたしがこちらにうかがった理由です。わたしの父はこんなありさまで、感謝の気持ちも気配りもありません。わたしたちは狭い家に住んでいます。夫は父に出て行って欲しいと思っています——でもどこへ？

父を殺してしまうこともできません、これは申し上げました。

あの男はまだ長生きするのでしょうか？

出て行かせる唯一の方法は結婚させることなのでしょう。でもいったいどんな女がわざわざあの男と結婚したいなんて思うでしょうか？

XI

パパ　おれだ、パパだ。

ママ　入って。このとおり、いまはひとりなの。もう少ししたらみんな火葬場に集まらなくちゃならないわ。よかったら入って。

パパ　それでおれがおまえにこう言ったら、今日、これだけの年月が経ったあとにもう一度おれがおまえに、「パパが戻ってきたぞ」って言ったら――おまえはおれをどうする？
もしおれがおまえにいまこの瞬間、「おれの妻、おれの愛しい人、ここにいさせておくれ、しかもこれからずっとだ」って言ったら、なあ、おまえはパパをどうする？

ママ　あぁ、おととい夫が亡くなったの。わたしは喪主をつとめて、お悔やみに応え、愛想よく振る舞って疲れたり落ち込んだりしないようにしなくちゃいけないの。
ねぇ、わたしは悲しいの、とても悲しいのよ。
夫は亡くなったばかりだし、下の娘は行方知れずになっているし。

アミからの連絡がこの何ヶ月もの間、途絶えているのよ。あの子がどこにいるのか、わたし知らないの。あの子は体の調子も良くないし、きっと誰も面倒なんか見てくれないわ。

パパ　悲しみでいっぱいよ。どうしたらいいか分からないの、でも辛い思いをしているわけじゃないわ。ただ今日はお葬式で、頭を上げて背筋を伸ばして取り乱さずに悲しみを受け止められるほど、自分が若いとも気丈だとも思えないわ。

あいつはきちんとしたやつだったよ。でも、これから言うことを怒らずに聞いて欲しいんだが、おまえが結婚して最近死んでしまったあの夫は、おれが決してなれなかったし、これからも絶対になることができないくらい素晴らしい夫だった、それでもおれが戻るべきおまえのそばにあいつがもういないってことが、おれを嬉しくさせるんだ。

ママ　あなたはなんて哀れで、だめになってしまったの。なんて惨めなありさまなの。あなたには哀れをもよおすわ、ええ、素直に、とっても哀れだと思うわ。こんなに落ちぶれるなんて、そんなの願ったことなんか一度もなかった。

パパ　おれは何から何までミナの世話になっている。こんな状況がおれは恥ずかしい、まるで小さな子供みたいにあの子に頼っているんだ、だが恥ずかしさや自分じゃ何もできないせいで、おれのわずかに残った品位やちょっと尊大な輝きを完全に失ってしまいたくはないんだ。

ママ　そんなものは全部、もうとっくに消えてしまったじゃない。かわいそうな、かわいそうなエメ。自分の顔をごらんなさい。ここ最近のやせっぽちで廃れてしまった自分の姿をしっかりと見てごらんなさい。あなたの手は震えている。手を隠すのね。でもわたしには分かってる。あなたの手は震えてる、あなた、かわいそうな人。

パパ　いいえ、こんなこと、わたしは絶対に願っていなかった。ミナの婿さんが自分の着なくなった服をおれに回してくれるんだ。あいつはおれより体が大きくて背も高い、だがおれのサイズに直して欲しいとは頼めなくてね。たしかに、自分の姿を見ると以前とは違う別の誰かみたいだ。どうしてここまでおれを追い込むんだ？　おれの手？　握ってみればいい、おれは隠したりしないぞ。

ママ　わたしがこんなに握りしめても、あなたの手の震えを止めることができないわ。

パパ　パパは帰ってきたが、見せたり与えたりできるのはその不幸で年老いたガリガリの体のほかに何ひとつない。そんな男をいったいどうしたらいい？

ママ　この何年もの年月をあなたとずっといっしょに過ごしたかった、今日があなたのお葬式だったらよかったのに。まもなく焼かれるのがあなただったらよかった、これまでの時間を一緒に暮らしたかもしれないわたしの最初の、そしてただひとりの夫だったら——たとえ今日死んでしまっていても、それがあなただったらよかった、二十年経ってからまたヨリを戻して欲しいって頼んでくる、それもほとんどいっしょに暮らしたことがない男よりも。これからあなたと一緒に生きていく時間はとても短いし、うまくやっていくこともきっとできない。それがとっても残念だわ。それであなたはいったいどんなつもりでここに来たの、ねえ？

パパ　おれには分からない。

ママ　あなたは住む家を変えたいだけじゃないの？　自分の重圧からミナを解き放してやりたいだけでしょう？

パパ　おれの居場所はここ、おまえのそばなんだ。だからおれはそれを取り戻したい。パパをついに帰ってこさせること、おまえの夫だったあいつが死んだことにこれ以外の意味はない、これしか価値がないように思える。もはやつまらん人間で何も持っていないおれは、ひたすらおまえにお願いするしかない。でも、そんなことしてどうなる？　だっておれはここから立ち去る気なんかないんだから。

ママ　あなたはすべて嘘と偽りで出来ている。あぁ、いまはよく分かる、以前、あなたへの愛が頂点だったときからあなたはすでにそんなものの固まりだった、でもたとえそんなことを無視しても、わたしが激しく愛したのはやっぱりそういった男だったのよ。いまはそれがよく分かる。それじゃあなたが今日、もう嘘をつくのを止めたっていうのなら、あなたは見知らぬ人ってことになるのかしら？　分からないわ。下の娘にまた会いたいし世話もしたい。あの子だってあなたの娘なのよ、でもあなたが誰なのか、わたしには分からなくなってしまった。あなたにうそ偽りはないの？　分からない。でもとにかくあなたにはどこか住む場所が必要だわ。

パパ　パパは本気で戻ってくる。子供たちはもういないが、それでもやっぱりパパはパパのままだ。おれは頼むからなんて言わない、どうかお願いしますなんて言いやしない。

ママ　さあ、行きましょう。式の時間よ。

パパ　おれは何もいらない。おれにはもう輝きはないが、おれが築き上げたものは日々ずっと無傷のままのように思えるんだ。

ママ　急ぎましょう。火葬場に最初に着いていないといけないわ——あの人が死んでしまったのよ、信じられないでしょう？

パパ　最高に屈辱的な状況の真っ只中にいたときでさえ、おれは自分を卑下したことは一度もなかった。

なあおまえ、誰ひとりとして、一度だっておれを軽蔑することはできなかった。おまえの両親も周囲の連中も、たしかにこれまで生きてきた中でおれはしょっちゅう悪辣で破廉恥で不実だった、ときにはもっともな理由で人に憎まれたことだってあるが、それでもこの国じゃ誰もおれのことを心の底からはっきりと見下すことは絶対にできなかったんだ。

おれは善い人間ではなかった、誠実じゃなかった。おれの皮膚は見事なまでに、そしてある人間たちからすれば侮辱的で許しがたいほど黒かった。おれはフランスに感謝しなかった、フランスがおれのことをちゃんと扱ってくれていたときでさえ。だがそれでもおれはいまここにいる、生きて、そしておまえに深い愛情を抱いているんだ。結婚だっておれの方は一回しただけじゃないか？

ママ　とにかく行きましょう、さあ。そのうちに分かるわ。わたしの方は……。わたしはいま、夫の喪中なのよ、でも……。わたしはあなたにずっと、そう、不思議な愛を抱いていたのよ。

解　題

作家マリー・ンディアイ

本書はマリー・ンディアイ（Marie NDiaye、一九六七〜）の戯曲『Papa doit manger』（二〇〇三）の全訳である。テクストにはミニュイ社の初版（二〇〇三年版）を用いた。著者のンディアイは、セネガル人の父親とフランス人の母親との間に、一九六七年オルレアン近郊のピティヴィエという小さな町で生まれている。nとdが語頭で続く綴りは父方の姓ということだが、父親はンディアイがまだ幼いころにアフリカに戻ってしまい、その後は母親がひとりで子供たちを育てている。ちなみに兄パップ・ンディアイはアメリカ史とフランスの黒人の歴史における気鋭の研究者として知られ、著作には邦訳（『アメリカ黒人の歴史』）もある。

十七歳のときに書いた小説『Quant au riche avenir』（一九八五）をミニュイ社が出版。その後も順調に作品を発表し続け、二〇〇九年には『Trois femmes puissantes』がゴンクール賞を受賞、現在ではフランスを代表する作家のひとりとみなされている。また二〇〇七年に当時のサルコジ大統領の姿勢に異議を唱えドイツに居を移すといった言動は、ときに社会的な反響を呼んできた。日本では二〇〇一年度フェミナ賞を受賞した『ロジー・カルプ』（小野正嗣訳）、『みんな友達』、

『心ふさがれて』（ともに笠間直穂子訳）といった作品が、早い時期から目利きのフランス文学者によって翻訳されている。小説家ンディアイについては、これらの本の詳細な解説を参照していただきたい。

ミニュイ社を本拠にしていたベケットやデュラスの例に倣うように戯曲も書き始めたンディアイは、一九九九年に『Hilda』を出した後、『Providence』（二〇〇一）、本作『パパも食べなきゃ』、『Les serpents』（二〇〇四）、『Rien d'humain』（二〇〇四）、『Puzzle』（夫のJean-Yves Cendryとの共作、二〇〇七）、『Les Grandes Personnes』（二〇一一）とコンスタントに演劇作品を発表し続けている。また戯曲ではないが、朗読のための『Y penser sans cesse』（二〇一一）という声と文字の問題を考えるうえで重要な作品も発表している。なかでも『パパも食べなきゃ』はフランス演劇の殿堂コメディ・フランセーズの本拠地リシュリュー座で初演されたこと、作者が生存中にコメディ・フランセーズのレパートリー入りした稀なケースであること、さらに現代作家としてはデュラスに次いで取り上げられた女性作家であり、かつ黒人の血を受け継いでいることなど、話題性に事欠かない作品となった。演出にあたったのはアンドレ・アンジェル（一九四六年生まれで、七二年にJ＝P・ヴァンサンの協力の下、ブレヒトの『都会のジャングル』で演出家デビュー。オデオン＝ヨーロッパ劇場を中心に活動し、最近ではM・ピコリを主役に据えた『リア王』で評判になった）。黒人俳優として初めてコメディ・フランセーズの座員になった、バカリ・サンガレがパパを演じたことでも評判を呼んだ。サンガレはマリ出身で、ピーター・ブルック演出の『テンペスト』ではアリエルを演じて高い評価を得ている。ちなみに、これまで日本で紹介されてきたンディアイ作品はすべて小説や物語であり、戯曲はこの『パパも食べなきゃ』が最初となる。

このように現在、戯曲は小説と並んでンディアイの創作活動の両輪と言えるが、彼女自身はふたつの形式の作品を書くことについて、こう語っている――「戯曲を書くことは、わたしにとっては最初から小説を書いたあとの一種の息継ぎを意味していた。それは簡単だからといった問題ではなく、重力から解放された状態ということだ。一篇の小説というのは、いわば一年、二年、三年の間引き受けなくてはならない重荷――あらゆる複雑なテクニックを駆使しなくてはならないのだが、それが演劇ではずっと扱いやすいものであるようにわたしには思える」。あるいは、「けれども別の言い方をすれば、二つの書く行為、小説と演劇を書くことはわたしにとっては同じことを意味していたものだから、小説を声を出さずに読むことと戯曲を読むことが同じくらいに重要だと思えるのだ。つまり、戯曲のテクストは、たとえそれがあとで書かれたものだったにしても、小説のテクストと同じくらいにしっかりとそこに存在するものでなくてはならないのだ」と言っている。戯曲が決して小説家の余技ではなく、むしろ説明的な重い部分を削ぎ落とした、ある意味で自然体に近いものであると作家が認識していることが、こうした言葉から窺うことができるだろう。

『パパも食べなきゃ』のドラマツルギー

『パパも食べなきゃ』を一読すれば分かるように、ンディアイの戯曲にはト書きというものがない。近作の『Les grandes personnes』では数箇所に「沈黙」や「握手する」といった指示が見られるが、通常の戯曲に比べればなきに等しい。彼女のテクストは基本的に、純然たる対話のみで構成されているのだ。こういった書法は、ある意味で十七世紀フランス古典悲劇を思い起こさせる。たとえばⅧ景でママがパパに切りつける場面や結婚式の様子を語るジョゼおばさんは、『フェードル』でイポリットの死を語るテラメーヌの姿を連想させないだろうか？　あるいはX景を通して独りで語るミナの長台詞、Ⅳ景でパパが話すニッコー・ホテルでの情景なども、すべてが言葉によって描き出されるものだ。こういった点でンディアイは、「ことばの演劇」というまさに十七世紀からのフランス演劇の王道を継承する劇作家だといえる。今回の「コレクション・フランス語圏演劇」でも取り上げられているピィ、ムアワッドやメルキオのように、近年は自分が書いたテクストを自ら演出し、あるいは演じる演劇人が多いなかで、「自分が書いたものが〝上演可能〟かどうかはまったく問題ではなかった」と語り、「演出についてはなんの考えも浮かばない、それはわたしの仕事ではないのだ」と言い切るンディアイのスタンスは、ある意味で異質に見える。

けれども、ト書きがなくても各人物の身振り、声の調子などはテクストを丁寧に読むことで、生き生きと見えてくる。会話しか記されていないにもかかわらず、不思議なほど読む者のイマジネーションに語りかけてくるのがンディアイの戯曲なのだ。演劇作品を書く作業について彼女は、書くことにエネルギーが求められる小説の説明描写の部分をすべてカットすることで、「対話部分だけを残した短い小説を書いているようだった」と語っているが、削ぎ落とした描写はそのまま登場人物が話す言葉によって補われていると言うことができるだろう。まさに小説家が持つフランス語の力業である。

しかもこれらのフランス語は、描写的であると同時に現実とその背後の想像世界の境界を軽々と越える、きわめて特異なものである。初演を演出したアンジェルは、「この作品で私を魅了するもの、それはカフカやビュヒナーを思い起こさせる、出口のない閉ざされた世界という局面だ。これらの作家の作品のように、この牢獄を作り出しているのはそのエクリチュールだ」と指摘し、その感覚を生み出す要素として、この戯曲ではすべての登場人物が、年寄りも子供も男も女も同じレベルの言語を話す点を挙げている。

あるいはここで、この戯曲の登場人物の呼び名に注目してみよう。パパ、ママ、おばあちゃん、おじいちゃんなど、登場人物の大半は固有名詞ではなく普通名詞で指示されている。パパにはアメッドとエメという名前が与えられているものの、ふたつのうちのどちらにポイントが置かれているかは曖昧だし、娘のミナは「私はミナよ」と言いながら、すぐに「ナナって呼ばれているの」と執拗に言い換える。そして、ママには最後まで固有名詞が与えられていない。つまり、ここでは名前が持つはずの固有性は完全にはぐらかされているのだ。むしろ名前が持つ拘束力は清算され、登場人物たちから引き剝がされているように見える。あるいはパパ、ママといった呼び名にしても、それらが父性、母性を象徴する類のものではないことは明らかだ。パパは肝心の父性、一家の長としての能力を欠いた人物だし、ママにしても優しい母性に溢れているというよりは、子供を圧倒する存在として登場する。ここでのパパやママの呼び名は、それらが持っている社会的役割に対する疑義として機能しているとさえ言える。

こうしてみると、ンディアイのドラマツルギーの根幹には、戯曲を通して登場人物がもつ属性を問い直し、削ぎ落とすことがあるように思える。とすれば、残ったところにこそ彼女が目指すものが現れてくるはずである。そしてそれは、人間と人間の間の根源的な関係ではないだろうか？　つまり登場人物の固有性、社会における立場といった余分な意味が剝ぎ取られたあとに残る、言葉だけによって紡ぎだされたストレートな関係性そのものに、ンディアイの関心は向けられているように見える。この点で、会話のみを記すことで成立しうる戯曲は、あくまでも言葉にこだわるンディアイにとって、人間の関係性をミニマルな形で示すのにふさわしい形態だったということができるだろう。

『パパも食べなきゃ』の社会性・時代性

ところで、読者の中には『パパも食べなきゃ』が作者の人生を反映した作品だと考える人もいるに違いない。たしかに黒人の父、白人の母、そして混血の娘が織りなす物語は、ンディアイが育った家庭環境に近いように見える。しかし実際のところ自伝的な作品かどうかといった問いかけは、この戯曲の前ではほとんど意味を持たない。というのは、一見現実に起こっている出来事であるかのように見えるこの戯曲が、実のところは反現実的な要素の上に成り立っているからだ。ンディアイにとって「演劇のテクストはほとんど目もくらむような陶酔をもたらしてくれる。つまり完全に非論理的でいることができるのだ。必要なのは、この非論理性を最後まで確実なものにすること」なのだ。

しかし、だからといってこの戯曲が社会から遊離した作品であることにはならない。ンディアイは「わたしがものを書きたいと思った瞬間から、[……]問題なのは傍らにあること（être à côté）であって、それこそがまさにわたしが書きたかったことだった」と語っている。ここにはもちろん、彼女自身の肌の色や名前がもたらす社会との軋轢が反映しているが、こうした意識の上にある作品がときにジェンダー、レイシズム、社会的不公平、さらにナショナル・アイデンティティといった視点から語られるのは当然のことだろう。これらのテーマは『パパも食べなきゃ』でも明確に投影されているが、ここでは何度もセリフに出てくる「黒い皮膚」に目を向けてみよう。パパは「おれの皮膚は究極の黒、傑出した黒」であり、「おれのこの皮膚の絶対的、圧倒的な黒さのおかげで[……]勝っているんだ」と宣言する。また、Ⅷ景でジョゼおばさんたちが語るのは、黒人がもたらす性的な幻惑である。けれどもンディアイは、こういった部分をさらりとはぐらかす。彼女が見据えているのは黒と白の二項対立でもなければ、それらの間の融和といった問題でもない。先に書いたように、ンディアイのドラマツルギーのポイントが削ぎ落とす作業にあるのだとすれば、むしろ「黒い皮膚」は削ぎ落とすべき対象に他ならない。そして事実、戯曲を通してこうしたものの力は剝ぎ取られ、最後には同化でも抵抗でもなく、そこにいること、生きてそこにいること、そしてもうひとりの人間と対等に向かい合うという人間の関係性にすべてが還元される。この点で、「復讐しなきゃ」と思ってフランスにやって来たパパが、「だがそれでもおれはいまここにいる、生きて、そしておまえに深い愛情を抱いているんだ」とママに向かって言う最後のセリフこそ、この戯曲のひとつの結節点ではないだろうか？　このように考えると、「怒り」を強く描き、同じく黒人を舞台に上げたジュネやセゼール、あるいはコルテスとはまた異なった意識の上にンディアイが立っていることが理解できる。それはある意味で世代的な違いの問題であり、フランス社会の変化の問題であるとも言えよう。

これに関連して見落としてはならないのが、『パパも食べなきゃ』の時代背景である。最後のXI景を作品発表時の二〇〇三年前後と想定すれば、ミナが役所で状況を訴えるのがその何年か前、さらにパパが戻ってきて一連の騒動が持ち上がり最後にママがパパに切り付けるI景からIX景はその二十年前の一九八〇年前後、パパが家を出たのはその十年前の一九七〇年前後、パパがアフリカからフランスに到着したのがその数年前として一九六〇年代の末という計算になるだろう。つまり、六八年五月前後の雰囲気から物語はスタートしていることになる。いわばこの戯曲は九〇ページほどの中に、戦後フランスの大変革から今日までの家族、人間関係の変化が投影されているとさえ言える。ちなみに、物語の舞台となっているクルブヴォワは五月革命の発端となったナンテールから遠くない地区だが、今日では再開発されてきわめて近代的な建物の立ち並ぶデファンス地区の一部となっている。現在のクルブヴォワを知るパリの観客にとって「惨めなクルブヴォワ」といった台詞がどのようなイメージで響くのか、わたしたちは改めて想像してみる必要があるだろう。

*

本書がここに至るまでには、さまざまな方のお世話になった。まず住田未歩氏には、スタート段階で多大のお力添えをいただいた。また専修大学のフィリップ・ブロシェンヌ氏には、フランス語に関していろいろとご教授いただいた。同じく根岸知生氏、学習院大学の八木雅子氏には訳文を入念にチェックしていただき、訳者が見落としていた問題点を数多くご指摘いただいた。さらに國學院大学の笠間直穂子氏には、ンディアイに関する貴重なご指摘を頂戴した。本書がまがりなりにも読める、そして上演できるレベルのものになっているとすれば、それはこの方たちのお力添えのおかげである。ここにお名前を記して、感謝の意を述べさせていただきたい。

*

「おまえの血管までが黒く、そこに黒い血が流れることを命ず。アフリカがそこを流れるべきだし、黒人は全身全霊黒人となることだ」――ジュネの『黒んぼたち』の登場人物は舞台上で叫んだ。この戯曲がロジェ・ブランの演出で、全員黒人の俳優によってリュテス座で演じられ大成功を収めたのが一九五九年。それからおよそ半世紀後、ンディアイのような作家によって『パパも食べなきゃ』が書かれ、それをコメディ・フランセーズが上演したことは、演劇が社会の中で占める位置が日本とは比べものにならないほど重い意味を持つフランスならではの、インパクトのある出来事だと言わずにはいられない。移民や社会格差といった問題がフランスよりも目に見えにくい形でしか存在しない日本では、たしかに『パパも食べなきゃ』はストレートに上演するのは難しい作品かもしれない。しかし、ンディアイの戯曲がすべてを削ぎ落としたあとに残る人間の関係を言葉によって示そうとしているのであれば、それはある意味で言語芸術としての演劇の本質に根ざした作品だといえる。訳者としてはこの戯曲が日本で読まれ、上演されることを願って止まない。

根岸徹郎

マリー・ンディアイ Marie N'Diaye

小説家、劇作家。1967年、フランスでセネガル人の父親とフランス人の母親の間に生まれる。18歳で小説『豊かな将来ということについて』を発表。以後、コンスタントに作品を発表し続け、2001年に『ロジー・カルプ』でフェミナ賞を、2009年には『三人の強い女たち』でゴンクール賞を受賞。戯曲作品には『ヒルダ』、『パパも食べなきゃ』などがある。最近は映画のシナリオも執筆し、表現の幅を広げている。現代フランスでもっとも注目される作家のひとりである。

根岸徹郎（ねぎし・てつろう）

フランス現代文学、現代演劇研究。専修大学教授。訳書に『ジュネ伝』（河出書房新社）、『公然たる敵』（月曜社）、M・ヴィナヴェール『いつもの食事／2001年9月11日』（共訳、れんが書房新社）、O・ピィ『お芝居／若き俳優たちへの書翰』（共訳、れんが書房新社）、論考に「墓地としての劇場、死者としての登場人物――場所と時間をめぐるジュネのドラマツルギー」、「古典・実行・舞台芸術――クローデルとジュネをめぐる二冊の本」（『舞台芸術』14号）など。

編集：日仏演劇協会
編集委員：佐伯隆幸
齋藤公一　佐藤康　高橋信良　根岸徹郎　八木雅子

企画：アンスティチュ・フランセ日本
（旧東京日仏学院）
〒162-8415
東京都新宿区市ケ谷船河原町15
TEL03-5206-2500　http://www.institutfrancais.jp/

INSTITUT FRANÇAIS
アンスティチュ・フランセ日本
JAPON

コレクション　現代フランス語圏演劇 12
パパも食べなきゃ　*Papa doit manger*

発行日―――2013 年 6 月 15 日　初版発行
＊
著　者―――マリー・ンディアイ　Marie N'Diaye
訳　者―――根岸徹郎
編　者―――日仏演劇協会
企　画―――アンスティチュ・フランセ日本（旧東京日仏学院）
装丁者―――狭山トオル
発行者―――鈴木　誠
発行所―――㈱れんが書房新社
〒 160-0008　東京都新宿区三栄町 10　日鉄四谷コーポ 106
TEL03-3358-7531　FAX03-3358-7532　振替 00170-4-130349
印刷・製本――三秀舎

 ISBN978-4-8462-0403-7 C0374

コレクション 現代フランス語圏演劇

1 A・セゼール クリストフ王の悲劇 訳＝尾崎文太・片桐裕・根岸徹郎

❷ M・ヴィナヴェール いつもの食事 訳＝佐藤康
2001年9月11日 訳＝高橋勇夫・根岸徹郎 本体一二〇〇円

❸ H・シクスー 偽りの都市、あるいは復讐の女神たちの甦り 訳＝高橋信良・佐伯隆幸 本体一四〇〇円

❹ Ph・ミンヤナ 亡者の家 訳＝齋藤公一
N・ルノード プロムナード 訳＝佐藤康 本体一〇〇〇円

❺ M・アザマ 十字軍／夜の動物園 訳＝佐藤康 本体一二〇〇円

❻ V・ノヴァリナ 紅の起源 訳＝ティエリ・マレ 本体一二〇〇円

❼ E・コルマン 天使達の叛逆／ギブアンドテイク 訳＝北垣潔 本体一〇〇〇円

❽ J＝L・ラガルス まさに世界の終わり／忘却の前の最後の後悔 訳＝齋藤公一・八木雅子 本体一二〇〇円

黒丸巻数は発売中

＊作品の邦訳タイトルは変更になる場合があります。

コレクション 現代フランス語圏演劇

❾ K・クワユレ
ザット・オールド・ブラック・マジック／ブルー・ス・キャット　訳＝八木雅子　本体一二〇〇円

❿ J・ポムラ
時の商人　訳＝横山義志／うちの子は　訳＝石井惠　本体一〇〇〇円

⓫ O・ピィ
お芝居　訳＝佐伯隆幸
若き俳優たちへの書翰　訳＝齋藤公一・根岸徹郎　本体一〇〇〇円

⓬ M・ンディアイ
パパも食べなきゃ　訳＝根岸徹郎　本体一〇〇〇円

⓭ W・ムアワッド
沿岸　頼むから静かに死んでくれ　訳＝山田ひろ美　本体一〇〇〇円

⓮ D・レスコ
破産した男　訳＝奥平敦子／自分みがき　訳＝佐藤康　本体一〇〇〇円

⓯ F・メルキオ
ブリ・ミロ／セックスは心の病いにして時間とエネルギーの無駄　訳＝友谷知己　本体一〇〇〇円

⓰ E・ダルレ
隠れ家／火曜日はスーパーへ　訳＝石井惠　本体一〇〇〇円

黒丸巻数は発売中

＊作品の邦訳タイトルは変更になる場合があります。

演劇関連図書

コルテス戯曲選	B＝M・コルテス／石井惠・佐伯隆幸訳	四六判並製	1600円
西埠頭／タバタバ　コルテス戯曲選2	B＝M・コルテス／佐伯隆幸訳	四六判並製	1800円
花降る日へ　郭宝崑戯曲集	郭宝崑／桐谷夏子監訳	四六判並製	1700円
最後の一人までが全体である＋ブラインド・タッチ	坂手洋二	四六判上製	2200円
いとこ同志	坂手洋二	四六判上製	1300円
メイエルホリドな、余りにメイエルホリドな	伊藤俊也	四六判上製	1300円
現代演劇の起源　60年代演劇的精神史	佐伯隆幸	A5判上製	4800円
記憶の劇場・劇場の記憶　劇場日誌1988―2001	佐伯隆幸	A5判並製	3800円
身体性の幾何学I　高次元身体空間〈架空〉セミナー	笛田宇一郎	四六判上製	2400円
二十一世紀演劇原論	笛田宇一郎	四六判上製	3400円
演出家の仕事	日本演出者協会＋西堂行人編	A5判上製	1500円
80年代小劇場演劇の展開	日本演出者協会＋西堂行人編	A5判上製	2000円
戦後新劇	日本演出者協会編	A5判上製	2200円
海を越えた演出家たち	日本演出者協会編	A5判上製	2000円

定価は税抜き本体価格